누구의 연인도 되지 마라

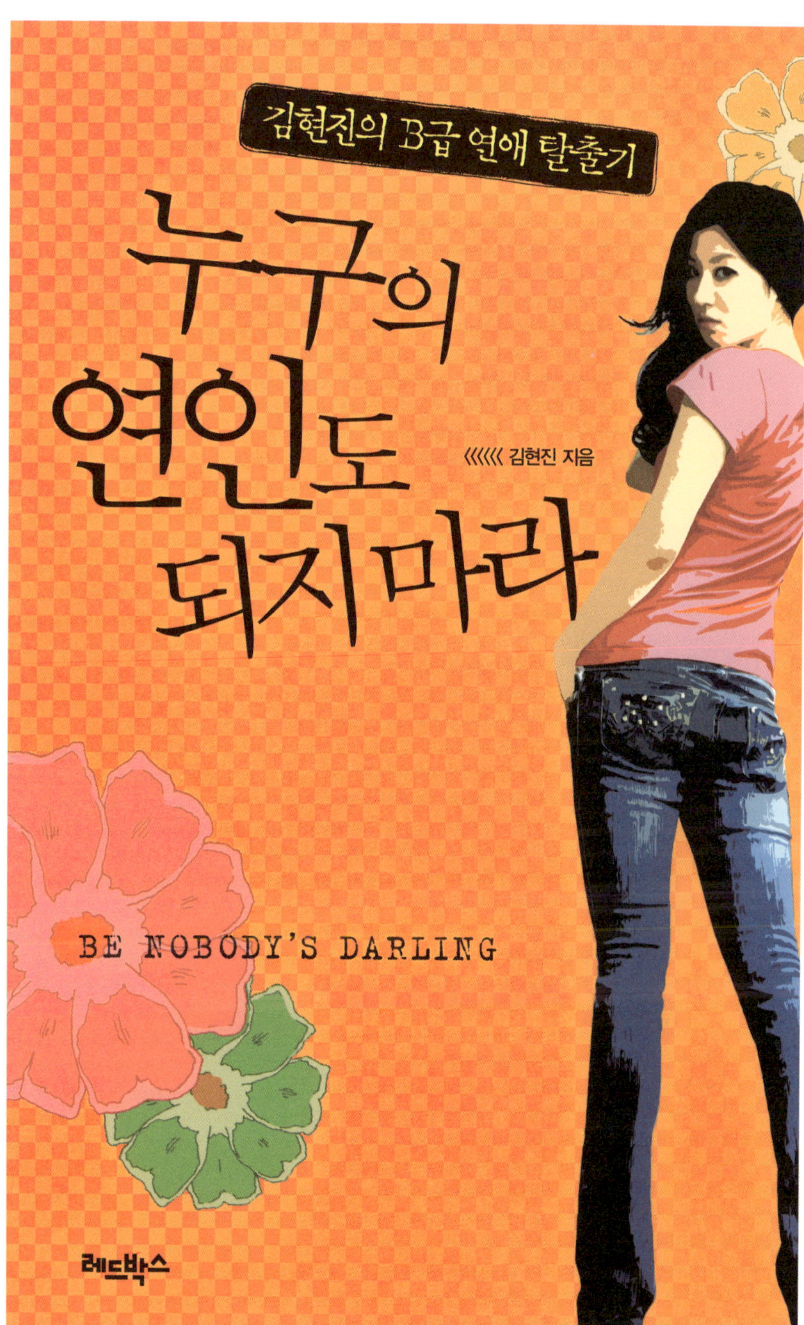

김현진의 B급 연애 탈출기
누구의 연인도 되지마라
<<<<< 김현진 지음
BE NOBODY'S DARLING
레드박스

누구의 연인도 되지 마라

앨리스 워커

누구의 연인도 되지 마라
버림받은 자가 되어라
네 삶의 모순을
숄처럼 몸에 두르고
날아오는 돌을 피해라
네 몸을 따뜻하게 하여라

환호와 기쁨에 겨워
광기에 굴복하는
사람들을 보아라
그들이 너를 의심스레 바라보게 내버려두어라
또한 너도 의심스런 눈길로 답하여라

버림받은 자가 되어라
홀로 걷는 길을 즐겨라
(볼품없게)
그렇지 않으면
혼잡한 강바닥에
성질 급한 바보들과 함께 서라

강둑에 모여
즐거운 파티를 열어라
고통스런 말들로
수천 명이 죽어간 그곳에서

누구의 연인도 되지 마라
버림받은 자가 되어라
죽은 자들 가운데서
살 자격이 있는

사랑하는 악마 그리고 코시 판 투테

"남자의 사랑은 생명의 일부이지만,

여자의 사랑은 존재 그 자체예요;

남자는 궁정, 전장, 교회, 배, 시장을 찾아다닐 수 있고

칼, 의관, 이익, 영광이 그의 마음을 채울 교환물로써

자존심, 명예, 야심을 제공하지요.

그리고 이러한 것들을 멀리할 남자는 그리 많지 않아요;

남자들은 이러한 온갖 자원을 갖고 있지만,

우리는 단 하나, 다시 사랑하고, 또다시 실패할 뿐이랍니다."

바이런, 『돈 주앙』 중 「도나 줄리아」

그렇지, 실패는 우리의 힘.
우리는 당연히 필패를 알지만
씩씩한 여자들은 모두 헝그리 복서니까,
또다시 덤벼요, 베이비.
다칠 준비는 얼마든지 되어 있어요.

나는 이 책을, 약간의 취기 없이 시작할 수 없다.

그렇다고 만취해서 시작할 수는 없으니 소주나 폭탄주를 마시고 쓸 순 없고, 칼바도스와 예거마이스터를 조금씩 마시면서 이 글을 쓰고 있다. 혹여 그 점에 대해 불쾌하게 여기시는 독자가 있다면 진심으로 사과드리겠으나 그래도 이 이야기들을 약간의 취기 없이 차마 시작할 수 없다는 것에 대해 독자 여러분께 약간의 관용을 간청하는 바이다. 구질구질하고, 다시 꺼내보고 싶지 않았던 시간들. 로미오와 줄리엣이나 트리스탄과 이졸데처럼 엄청나게 비극적인 사랑을 해봤거나 그로 인해 가슴이 무너질 듯한 시간을 살았다면 독자 여러분께 관용을 요청할 틈 없이 신나게 만취해서 아주, 아주 당당하게 잘났다고 이 글을 쓰겠지만, 나는 다만 무척이나 구차스러운 사랑, 구질구질한 연애만 했고 그것들이 끝나자마자 곤충이 탈피하듯 얼른 껍질을 벗고 도망쳐버렸다. 이런 내가 쓸 만한 거리가 있을까, 여러분에게 들려줄 이야기가 있을까.

지금 나는 마치 오래전에 마음속 다락방에 처박았던 더러운 포대를 뒤적거리듯이 마음의 창고를 뒤지고 있는 것 같은 상태이기 때문에 이 부끄러움을 극복하기 위해서는 반드시 약간의 취기가 필요하다. 그럼에도, 뭐 자랑할 만한 이야기도 아니지만 이 글을 쓰고 있는 이유는, 어차피 내가 독자 여러분에게 미문을 선사할 수 있거나 삶의 큰 깨달음을 줄 수 있거나 하는 저자가 아니라는 것을 내 자신이 가장 잘 알고 있고 다만 사랑받지 못하고 좌절하는 아가씨가 얼마나 많은지 알기 때문에, 탁월하게 예쁘지도 않고 엄청나게 사랑스럽지도 않은 아가씨들이 마음이 갈기갈기 찢기는 순간이 얼마나 많은지 알기 때문이다. 그리하여 혹시 내가 억지로 벗어두고 달아난 청춘의 허물을 탈탈 털어 그 안에서 당신에게 요만큼의 위로라도 될 수 있는 것을 끄집어낼 수만 있다면 이 책으로 또 얼마간의 나무를 살해한 걸 후회하지는 않겠다.

된장녀가 어떻고, 여자 애들은 데이트할 때 돈도 안 내고 남등쳐먹고, 어쩌고저쩌고하면서 이십 대 여자들은 마치 이 세상의 공적인 양 취급받지만 실제로 그 요망하고도 빛나는 공적의 자리를 누릴 수 있는 여자는 소수에 불과하다. 여성학자 정희진은 여성이 유일하게 남성 이상의 권력을 갖는 순간인 이십 대 초중반의 시기에 대해 탁월하게 지적한 바 있지만, 그 순간은 우리의 인생 전체에 비하면 아주 찰나에 불과할뿐더러 제대로 누려볼 틈도 없이 너무도 빨리 지나간다. 이제 그 힘에 맛 좀 들일라치면 순식간에 더 어리고 예쁜 아가씨들이 치고 올라오고, 정신 차려볼 틈도 없이 고작 이십 대 후반에도 나이 든 여자로 취급받으며 뒷방 신세 되기 십상인데다 찰나에 불과한 달콤한 순간이라 할지라도 그 순간 동안이나마 그 권력을 누릴 수 있는 아가씨들은 정말로 우리 중 몇 되지 않는다. 싸늘하게 말해서, 그걸 누릴 수 있는 아가씨들은 우리 중 아주 탁월하게 예쁘거나 아주 머리가 좋거나 엄청나게 매력 있는 아가씨들뿐이다. 그냥 평범한 여자 애들은 무시를 당하거나, 너는 평범하고 별거 아닌 여자 애다라는 세뇌를 당하고 또 당하게 마련이다.

워낙에 "전 페미니스트가 아니라 휴머니스트예요, 호호호" 하는 여자 천지인 세상에서 그 꼴이 마음에 안 들어서 그냥 대놓고 마지막까지 떨이로 놔둬도 아무도 안 가져가는 상품을 집어가는 마음으로 "그래, 나 페미니스트다, 근데 어쩔래?" 하는 식으로 살아가고 있긴 하지만, 페미니스트에 대한 세상의 일반적인 오해대로 나는 남자를 무조건 적대시하거나 하는 캐릭터는 아니다. 내가 증오하는 것은 그저 가부장 중심의 질서일 뿐이며 성적으로는 오히려 매우 철저한 이성애자 여성이다. 좀 더 까놓고 얘기하자면 한마디로 남자 없이는 못 사는 여자, 연애 안 하고는 못 사는 여자라는 이야기다. 지난 몇 년 동안 연애를 하지 않고 지낸 적은 단 한 번도 없었다. 남자는 나의 가장 가까운 연인이었으며 동시에 가장 위협적이고 치명적인 적이었다. 그 즐겁고 끔찍스러웠던 여정 중에 내가 얻어맞아서 쓰러졌거나, 혹은 두들겨 패서 쓰러뜨렸던 시신을 뒤져서 약간의 전리품을 건져 조금이라도 읽는 당신에게 위로가 되거나, 혹은 그냥 피식 웃을 수라도 있는 이야기라도 적어낼 수 있다면 쓰는 이로

서는 더 이상 바랄 것이 없겠다. 오직 그것만이 나의 유일한 목
적이다.

　　모두들 장사라도 하듯 내 '스펙'이것은 내가 '명품', '럭셔리' 등등과 함께 이 세상에서 가장 경멸하는 단어 중 하나이다으로 건질 수 있는 최상의 남자를 잡아서 인생을 재테크경우에 따라 이 단어도 몹시 싫어한다, 알다시피 한국에서는 몹시 천박하게 쓰이니까하라는 메시지가 대세를 이루는 지금의 대한민국에서, 누군가가 '삽질'에 병신 노릇을 여전히 하고 있다는 것이, 똑같이 한심한 연애를 하거나 마음이 산산이 부서질 만큼 상처를 입은 아가씨에게 한 치의 위안이라도 될 수 있다면 나는 얼마든지 후안무치하겠다. 그 스펙 좋아하고 남보다 잘난 남자 잡아서 대한민국 1%가 되기를 원하는 아가씨들이라면 얼마든지 그렇게 살아도 나쁠 것 없다. 다만 그렇게 살기 싫은데, 뭔가 자꾸 세상이 바보 취급하는 것 같아서 서글픈 아가씨가 있다면 나는 지금 오직 그녀를 위해 쓴다. 바로 당신을 위해 쓴다. 내 이십 대가 더 가기 전에, 스펙 권하고 또 권하는 사회에 사실은 병신 같은 사랑도 있다고, 이렇게 바보 같은 사랑도 있다고, 잘난 남자 잡으라고 사방팔방에서 부담 주는 세상 조류에 떠밀려 외로운 당신에게 이런 한심한 년도 사는데 괜찮아, 하는 약간의 위로라도 될 수 있다면 더할 나위 없이 기쁘겠다. 그것이 내가 이 책을 쓰고 있는 유일한 목적이다. 내 일천한 경험으로는 한계가 빤해서, 몇 사람의 친구에게 도움을 청했다. 어느 것이 내 것이고 어느 것이 그녀들의 것인지는 그리 중요하지 않을 것이다. 외로운 여자는 어차피 다 똑같으니

까. 이 자리를 빌려 그들에게 감사의 뜻을 전한다.

남자들은 다르게 생각하겠지만, 착한 여자 애들은 종종 남자 때문에 운다. 내 맘 알아주기는커녕 알면서도 차갑게 무시하는 그 남자 때문에 아프고, 까인 것 때문에 창피하고, 어디 가서 말하기도 그렇고 한심한 거 알면서도 그 남자가 좋은 내가 한심스럽지만 마음은 그칠 길 없고, 만약 그런 상처 가진 당신이 이 책을 집어 들었다면 내가 할 말은 단 하나밖에 없다.

괜찮아, 베이비, 우린 살아 있잖아. 그것만으로도 반은 성공이야. 세상이 얼마나 험한데, 살아 있는 것만으로 대단한 거야. 계속 살아 있자. 그래도 삶은 계속되니까.

그거 견디고 살아남으면, 베이비, 마음의 키는 더 자랄 거니까. 안 죽어. 안 죽는다고, 세 투트 Cést tout, 이게 다예요 울어도 괜찮아. 그러니, 얼마든지 사랑하고 얼마든지 실패하자. 안 죽는다. 코시 판 투테. cosi fan tutte, 이것이 여자라는 것이다

그리고 또 하나, 고분고분하지 않고 고집스럽기도 한 씩씩한 여자를 좋아하는 남자들이 이 책을 집어들고 약간의 힌트를 얻을 수 있다면 그것 역시 기쁘겠다. 베이비들, 다시 한 번 코시 판 투테! 다만, 남자에게 붙어먹을 생각 없이 한심하고 바보스럽더라도 자기 힘으로 서고 싶어하는 그런 여자를 사랑하는 남자라면, 나는 당신에게 온갖 커닝을 다 시켜줄 용의가 있다. 먹고 살기 힘든 이 시대에 우리가 기댈 것은 연애밖에 없다. 사랑밖에 없다. 행복밖에 없다. 행복해지기 위해서는, 좋은 연애를

하기 위해서는 큰 용기가 필요하다.

온 힘을 다해서, 여러분, 부디 행복해지시기를.

2009년 봄

김현진

아가씨들,
B급 연애는
잊어줘요!

'착한 남자'만으로는 만족할 수 없고,
누구나 바라듯이 이 여자도 '착하고 괜찮은 남자'를 원한다.
하지만 이 여자는 그런 남자에게 사랑받을 자신이 없다.

그래서 B급 남자만 만나고, B급 사랑만 주고, B급 사랑만 받는다.
이것을 나는 B급 연애라 부른다.

1. B급 연애를 정의하다

▨ B급 연애란 무엇인가?

주변을 둘러보면 어떤 여자들이 심심찮게 병에 걸리는 걸 본다. 솔직히 말하자. 나도 환자다. 그냥 환자도 아니고 말기에 중증이다. 이놈의 병이 주사 맞고 약 먹으면 치유할 수 있게 몸에 걸리는 것이 아니라, 마음에 드는 고약하고 독한 병이다. 같은 속병이라도 정신에 병이 들면 또 약 먹고 상담하고 이러면서 고칠 수나 있겠는데, 이건 마음속 깊은 곳에 속병이 들어서 저 안쪽부터 상한 과일처럼 푹푹 썩어나가고 속으로 곪아대니, 남은 아픈 거 몰라주고 저는 아파도 티를 못 내니 미치고 팔짝 뛸 노릇이다.

이 병을 뭐라고 말하면 좋을까. 시중에 있는 단어로는 확실히 설명이 불가한 이놈의 병은 누가 봐도 괜찮은 여자들에게서 흔히 발병한다. 누가 봐도 성실하고 열심히 살고, 궂은 일 고운 일 가리지 않고 제 밥벌이 착실히 하고, 똑똑하고 명민한데다 외모도 아주 떨어진다 소리는 절대 듣지 않을 그런대로 괜찮은 여자들. 이런 여자들이 툭하면 이 병에 걸린다. 누가 봐도 저보다 못난 남자가 아니면 성에 차질 않아서 연애를 못하는 병, 그런데 끝끝내 그 남자의 못난 점이 또 성에 차지 않아서 그 남자를 들들 볶는 병, 그러다 보면 제풀에 지쳐 나가떨어지면서도 큰 맘 먹고 새로 골라도 그놈이 그놈인 병. 어쩌다 얻어 걸린 괜찮은 남자를 보면 이 남자가 나를 좋아할 리가 없다 싶어 한없이 쪼그라들다가 끝내 놓치고 나중에 정신 차리고 보니 나보다 한참 못한 여자가 그 남자 붙잡아서 연애 잘 하고 있는 거 보면 또 내 팔자가 한심해서 견딜 수가 없는 병.

기어코 저보다 한참 못난 남자를 만난다는 점에서는 평강공주 콤플렉스라고 부를 수도 있겠고, 하지만 평강공주처럼 조신하고 끈덕지게 그 남자를 끌어올릴 의욕은 도무지 생기질 않고 그 남자도 한심하고 그 남자 만나는 나도 한심해서 계속 조지고 또 조지게 되니 평강공주 콤플렉스하고는 다르다.

사람들은 흔히 "야, 그 남자 아니면 남자가 없냐?" 이런 말을 쉽게 내뱉지만 이런 여자들의 귀에 들릴 리 없다. 이 남자 아니면 남자가 없을 것 같다. 도무지 없을 것 같다. 그런데다 내 마음대로 굴 수 있는 남자, 마음대로 투정 부릴 수 있는 남자, 성

질날 땐 성질내도 받아줄 수 있는 남자……. 그게 이 남자 말고
는 없을 것 같다.

그러니까, 누가 봐도 잘나고 괜찮은 남자에겐 이런 성질, 이
런 투정 받아내게 할 자신이 차마 없는 것이다. 그런 남자에게
암담하고 음울한 자신의 진짜 모습을 보여줄 자신은 도무지 안
생긴다. 그래서 계속 나보다 좀 별로인 이 남자를 만나지만, 마
음속에 만족이 없으니 울분만 쌓이게 마련이다. 이 남자의 못난
모습 하나씩 볼 때마다 이전에 봤던 그런 모습들 죄다 포함해서
속이 부글부글 끓고, 그러다가 또 별것도 아닌 걸로 꼬투리 잡
아서 이 남자한테 발광을 하다 보면 꾹꾹 눌러 참는 이 남자대체
로, 이런 남자는 착하다 모습 보고 또 마음이 아파서 내가 진짜 못되
고 못난 년 같아 울음이 터지고 아 그래도 이렇게 착한 사람이
어디 있어 내가 잘해줘야지, 하다가도 이 악순환은 영원히 계속
된다. 그 이유는 간단하다. 어차피 이 여자가 바라는 건 '착한
남자'가 아니니까. '착한 남자'만으로는 만족할 수 없고, 누구나
바라듯이 이 여자도 '착하고 괜찮은 남자'를 원한다. 하지만 이
여자는 그런 남자에게 사랑받을 자신이 없다. 그래서 B급 남자
만 만나고, B급 사랑만 주고, B급 사랑만 받는다. 이것을 나는
B급 연애라 부른다.

내 얘기부터 한다. 몇 년에 있었던 일인지 기억할 수 없을 정
도로 때리거나 돈 뜯거나 하는 쓰레기 같은 남자의 홍수에 파묻
혀 살다가, 우연히 직장 멀쩡하고 허우대 멀쩡하고 성격 멀쩡한
남자를 만났다. 남들이 부러워할 만큼 멀쩡한 남자였고, 다정하

고 신사적이었지만 내가 내 성격 못 견뎌서 스스로 들쑤시고 못 살게 굴고, 내내 술을 마셨더랬다. 차여서 술을 마시는 게 아니라, 잘 사귀면서 불안한 마음에 그랬더랬다. 차라리 이 남자가 못생겼더라면, 키가 땅에 붙었다면, 돈을 좀 못 벌었다면 얼마나 좋을까, 진심으로 그렇게 바랐다. 이 남자랑 안정적으로 연애할 자신도 없었고, 연락이 잘 안 되면 버림받을까 봐 또 술을 마셨다. 계속 B급으로 연애하던 버릇이 나와서 견디기 힘들었다. 부끄럽기 짝이 없지만 내가 나를 좀 더 사랑했더라면, 일어나지 않을 일이었다. 내가 나를 믿지 못했기 때문에, 멀쩡한 남자에게 사랑받으리라는 자신이 없었기 때문에 생긴 일이었다. 그가 지금까지 내가 만난 놈들처럼 어딘가 쓰레기 같은 남자였더라면 나는 여유만만했을 것이다.

어쩔 거야, 그래봤자 너도 하자 인생이잖아? 가볼 테면 가봐, 어차피 너도 별 수 없잖아?

사실은 붙잡고 싶었지만 잡는 법을 몰랐다. B급 남자들하고만 연애하면서, 어느새 멀쩡한 남자는 어떻게 잡아야 하는지 전혀 모르고 있었던 나는 확실한 B급 연애병자였다.

다음 여자, 이 여자를 A양이라고 하자. 이름만 대면 누구나 다 알 만한 일류 출판사에서 편집자로 일하고 있으며 젊고 지적이고 외모도 세련되고 사랑스럽다. 누가 봐도 똑똑하고 세련된 여자지만, 어디의 몇 대 손이 어쩌고 하는 집안의 장남인 남자, 어느 누가 봐도 여자가 아깝네 하는 소리를 들을 만한 그런 남자와 결혼해서 그 모든 제사네 대소사네 하는 것들을 이어받으리라 하고 결심할 만큼 이 남자를 좋아했다. B급 연애병의 가장 큰 해악 중 하나는, "내가 나쁜 년이라……" 하는 식으로 덮어 쓰기가 너무 쉽다는 것이다. 두 사람 사이가 삐걱댈 때도 이 남자는 이 특징을 교묘하게 잘 이용했다.

"내가 어디 가서 너 정도 스펙 못 만날 거 같냐, 나 맘에 안 들어 하는 너네 엄마 정말 이상하다 네가 잘났으면 얼마나 잘났다고……"

그러나 그녀는 잘난 여자였다. 그 B급 남자가 어디 가서 이런 여자 만날 일은 없을 거였다. 된장녀라고 놀리면서 그동안 단 한 번도 사주지 않았던 편의점 스타벅스 병 커피를 이 남자는 마지막으로 건넸지만, 그딴 병 커피 정도야 이 여자도 얼마든지 먹을 수 있었다. 그동안 그만한 재력이 없어서 못 먹었던 거 아니라는 거 그 남자도 알고 있었다.

그다음 여자를 B 양이라 하자. 한국에서 최고라는 대학에 다니고 있고, 멘사 회원일 만큼 두뇌도 뛰어나고 그 IQ에 떨어지지 않는 지성을 지녔다. 방금 우유로 목욕한 듯이 뽀얗고 눈부신 피부와, 오병이어의 기적五餠二魚의 奇蹟, 예수가 떡 다섯 개와 물고기 두 마리로 오천 명을 먹였다는 기적이라도 일으킬 것 같은 큰 손과 빼어난 음식 솜씨, 한국인의 유전자라 생각할 수 없을 만큼 풍만하고 아름다운 가슴까지 갖추고 있는 이 여자의 가장 큰 스트레스는 조국의 기준으로는 그 풍만함이 조금 과하다는 것인데, 조국은 그 점 때문에 이 여자를 지치지도 않고 핍박해왔다.

"살을 빼면 될 거 아니냐!"고 말하는 거야 쉽지만, 지금 우리는 어차피 다 알지 않는가. 그게 그렇게 쉬운 일이 아니라는 사실을. 그녀는 늘 내가 멀쩡한 남자를 만날 수 있을까 고뇌했고 그녀 주위에서 서식하고 있거나 그녀를 레이더망에 포착한 B급 남자들은 그녀가 품고 있는 그러한 괴로움을 삽시간에 파악하여 늘 간단하게 그녀를 손에 넣는 데 성공했다. 그리고 자기를 위안하고 그녀를 공격하기 위해 언제나 같은 카드를 내밀었다. 결국 그녀는 거기에 세뇌된 채 "어차피, 이 정도가 내가 지금 여기에서 택할 수 있는 최선이잖아"라고 중얼거렸다. 나도, A양도, B양도 그 주술에 걸려 번번이 넘어지고 울었다.

B급 연애를 하면서 B급 남자를 볶거나 자기를 들들 볶거나 아니면 둘 다 들들 볶거나, 지옥도 그런 지옥이 없었다.

그리고 여기 C양이 있다. 결혼 적령기를 조금 넘어섰지만 전혀 그렇게 보이지 않는 시크한 미인에, 잘나가는 커리어우먼. 그렇다고 B사감 분위기가 아니라 이 여자가 마음만 먹으면 어떤 남자든 '텐 미닛'이 아니라 '텐 세컨드'만에 쓰러뜨릴 수 있을 것만 같은 섹시한 여자. 그런데 이 여자도 이 병의 희생자였다는 사실은 충격이었다. 그녀는 괜찮은 남자 앞에서 자신이 없어지고 어쩐지 첩년처럼 굴게 되는 이 병의 특징을 거론하며 '세컨드 콤플렉스'라는 단어를 사용한다.

"나 같은 경우에는, 집이 없이 살아서 그래. 아무리 노력해봐도 그건 내가 어떻게 할 수 있는 게 아니잖아."

이 네 명의 여자 모두, 결국 어떤 '결핍'을 극복하지 못해서 그토록 혹독하게 쓰라렸던 여자들이었다. 보통 사랑받겠다고 결심한 여자들은 난데없이 엉뚱한 짓을 시작한다. 성형외과에서 상담을 하거나 피부 관리실이나 헬스장에 등록하거나 한두 사이즈 작은 청바지를 사거나……. 하지만, 이 병의 치유법은 예뻐지거나 날씬해지는 것이 아니다. 아무리 예쁜 여자, 두뇌와 얼굴은 김태희에 신체 비율은 김연아인 여자가 있어도 평생 사랑받는 데 익숙한 여자, 양지만 걸어온 여자한테는 못 이긴다. 사랑받고 산 여자들은 자기가 사랑받지 못하는 순간 그것을 대단히 빠르게 알아차릴 뿐만 아니라 신속히 그 상황을 타개한다. 그 순간을 대단히 기이하고 비정상적이라고 여기기 때문에 그 상황을 견디지 못하지만 우리 B급 연애 환자들은 참으로 그따위 상황을 잘 견딘다. 우리는 구박에 익숙해서, 지금 이 상황이 이상한 건지 아닌지도 잘 구분하지 못한다. 고기도 먹어본 놈이 잘 먹는다고, 사랑도 받아본 여자가 계속 받는다. 자꾸 못 받는 데 익숙해지다 보면 주는 사랑도, 떠먹여줘도 못 먹게 된다. 이게 이 병의 가장 무서운 점이다. 나중에는 영양이 공급되어도 피와 살로 못 가는, 마음의 에이즈에까지 이르게 된다.

이 우울한 얘기는, 결국 완치된 C 양의 이야기로 마치자. C 양은 곧 결혼한다. 그녀의 피앙세를 처음 보았을 때, 나는 마치 브릴리언트컷_{brilliant cut, 58면체의 다각으로 다이아몬드를 연마하는 방식} 다이아몬드처럼 화려한 그녀에게 그닥 어울리지 않는 듯한 그를 보고 약간은 실망했다. 그러나 그들을 자꾸만 보게 되면서, 놀라웠다. 피앙세는 자꾸자꾸 예뻐지고 젊어졌고 그녀는 새틴처럼 부드러워졌다.

“더 이상 이 여자가 빛날 뭔가가 있을까” 하고 생각했지만 아직 그녀 안에 최상의 다이아몬드가 남아 있었던 것이다. 마치 그리스도가 행한 첫 기적인 가나의 포도주처럼.

자기를 조지는 병에 걸린 아가씨 여러분, B급 연애의 핵심은 낫고자 하지 않으면 결코 낫지 않는다는 것이다. 그러니 B급 연애 보균자 여러분, 우리가 낫고자 하자. 그러면 틀림없이 나음을 입을 것이리라.

2. 너희가 이태원 걸을 아느냐?

이태원 걸이라는 말을 들어본 적이 있는지. 사전에 나와 있지는 않지만, 이태원 걸은 실존한다. 간단한 웹서핑만으로도 그들의 정체를 어렴풋이 알 수 있다.

이태원 걸 : 외국인 영어 강사와 동거 내지는 혼숙하거나 '원나잇 스탠드'를 일삼는 여성.

서식지 : 이태원, 홍대 앞.

다른 표현 : K-girl, K-Puxxy

공통된 특징 :

— 클럽 & 바 또는 길거리에서 난잡한 애정 표현을 일삼음.

— 대체로 엽기적인 용모에 퇴폐적인 옷차림.

— 대체로 불균형적인 신체에 비만형이 많음.

— 한국 사회 및 한국 남성에 대해 피해의식을 지니고 있으며 매우 적대적임.

— 말투나 어법이 평범하지 않음.

— 실직 신분에다 집안이 어렵고 불우한 경우가 대부분이나 그럼에도 거액을 들여 외국인 영어 강사에게 장기 개인지도를 받는데 여자 강사에게는 절대 받지 않음. 혹은 빚 얻어 어학연수 다녀옴 개중에는 '있는 집안' 딸도 적지 않음.

— 전형적 외모 : 빅마마 혹은 박경림과 유사함.

그녀는 아무런 감정이 들어 있지 않은 어투로 말했다.

"전, 이태원 걸이에요."

마치, "동교동에 살아요, 어느 대학을 다녀요, 부모님은 뭘 하세요"라고 말할 때와 같은 말투였다. 담담하고 단호했으며 그 어떤 편견도 주관도 없었다. 아마도 순혈주의를 숭앙하는 한국의 가부장, 혹은 장차 가부장을 계승할 것이 분명하며 한국 미혼 여성들의 질과 자궁은 그들에 의해 선도 입찰되었다고 철썩같이 믿고 있는 것 같은 젊은 남성 계층에 의해 쓰여졌을 것이 분명한 이 정의에는 명백한 악의가 이글거리고 있었지만 그녀는 자신이 이 정의에 정확히 해당된다고 생각하고 있었다.

그도 그럴 것이, 조국은 일생 동안 그녀를 구박했다. 서점에 가면 박스로 쌓여 있는 자기계발서에는 스스로를 사랑해라, 스스로를 아름다운 여자라고 생각해라, 라고 말하지만 그녀가 아무리 자신을 그렇게 생각하려고 해도 도무지 대한민국은 협조를 해주지 않았다. 그녀는 조국의 기준으로, 이십 몇 해 동안 뚱뚱한 여자로 살아왔다. 그리 크지 않은 키에 좋게 말하면 통통, 사실은 뚱뚱한 몸매. 그것만으로 아름답고 풍만한 가슴이나 마치 우유를 쏟아놓은 것처럼 희고 촉촉한 피부 같은 장점은 마치 땅을 파고 묻어버린 것처럼 온데간데없이 사라졌고, ‘나를 사랑하라’, ‘나 자신을 아름답게 여기라’라는 말 역시 바람과 함께 어디론가 사라졌다. 그녀가 외모에 대해서 평생 들은 말이라고는 "그게 이십 대 몸이냐, 애 몇 낳은 아줌마 몸매지!", "눈 밑 봐라 아주 자글자글하네. 아이크림 하나 안 사고 뭐하셨어?", "뭐? 댁이 아직 대학생이라고? 아줌마 같은데 설마!", "그 다리에 치마 입고 나오다니 너 정말 용감하다" 등등이었다. 그녀가 사랑하고 싶었던 조국이 그녀에게 돌려준 사랑은 언제나 이 정도였다. 조국은 한창 아름답고 싶은 이십 대 여성인 그녀가 자신의 모습을 사랑하고 받아들이는 것을 이토록 전력으로, 그리고 매우 간단하게 방해했다. 전 국민이 오지라퍼인 이 나라에서 그녀는 자신을 사랑하기는커녕 단 하루도 자신을 참아 넘기기가 힘들었다. 사람들은 쉽게 말한다.

"열받으면 살 빼면 될 거 아냐?", "열받으면 연봉 올리면 될 거 아냐?", "열받으면 출세하면 될 거 아냐?", "열받으면 공부 더 잘해서 더 좋은 대학 가지그래?", "열받으면 더 좋은 직장 가지그래?", "열받으면 더 잘난 사람하고 결혼하지그래?"

제 몸은 그토록 아끼고 자기 문제는 그렇게 힘들어 죽겠는 사람들이, 남의 몸에 붙은 체지방 같은 건 라이터만 갖다 대도 간단하게 지글지글 녹아내릴 것처럼 생각하는 모양이다. 그러므로 그들은 쉽게 말했다. 그녀를 두드려댔던 그 말들은, 지금 이 글을 쓰고 있는 나 역시 65kg에 육박했던 시절 그토록 많이 들었던 말들이었다.

"그 팔뚝에 잠이 오니?", "그 허벅지에 잠이 오니?", "그 뱃살에 잠이 오니?"

그리하여, 조국의 이상적 기준에는 좀 많이 통통했던 이 아가씨에게는 과연 어떤 일이 일어났을까. 악의적으로 '이태원 걸'을 정의한 이들은 한 치의 의심도 없이 이태원 걸들이 단지 백인이라는 이유만으로 기꺼이 놈들에게 다리를 벌려준다고 생각하는 것 같지만, 어떤 한국 여자도 그저 백인 유전자라는 이유만으로 그의 침대로 뛰어들지는 않는다. 그녀는 어깨를 으쓱하며 웃었다.

"그런 정의를 내린 황인들이야 그렇게 믿고 싶을지 모르겠지만(웃음), 정작 다리 벌리는 여자들은 절대 그게 아니라고요. 어떤 여자가 어떤 남자의 침대로 뛰어들기까지는, 제각각 책 한 권을 써도 될 만한 복잡한 사유들이 존재하지 않나요?"

그녀의 말이 맞다. 나 역시 부정할 수 없다.
그녀는 이태원 걸에 대한 편견에 대해 변명하지 않고 그냥 그러려니, 하고 인정해버린다. 전지현과는 별로 공통점이 없으나 자신의 외모에 대해 조국의 남성들이 느끼는 혐오감을 감안해 '엽기적인 외모' 항목에 동그라미를 치고, 한국에서는 도저히 있을 수 없는 풍성하고 아름다운 가슴 계곡이 드러나는 상의를 즐겨 입는 것은 조국의 평균적 인식으로는 충분히 '퇴폐적 의상'이 되려니 생각한다. 그 가슴 때문에 시판되는 국산 브랜드 속옷을 입을 수 없어서 수입 속옷을 사 입어야 하니 '불균형한 신체'에서도 피할 수 없겠고, 그 '불균형한 신체'는 그녀의 가장 큰 아름다움이자 그녀가 짊어진 가장 큰 십자가다. 대중교통이나 길거리에서 오지랖 넓은 조국의 동포들은 툭하면 그녀에게 "우와 가슴 '좆나' 크다!", "어이고 저 아가씨 젖통이 다 보이네. 다 보여……" 하고 무안이나 모욕을 주기 일쑤였기에 한껏 움츠리며 걷는 것이 평생의 습관이 되어서 어깨가 다 휠 정도니 '불균형한 신체'에다 '피해의식'에서도 자유롭지 못하다. 남성들에게 적대적인 것이 이태원 걸의 특징이라지만 조국의 남성들이 뭐 특별히 잘해준 것이 있어야 피해의식에서도 자유롭겠건만 어쨌거나 그녀는 '남성에게 적대적인 여성'으로 정의되고 만다.

그녀의 독특함은 여기에서 끝나지 않는다. 거의 이모나 삼촌에 가까울 만큼 나이 차이가 많이 나는 형제자매들 사이에서, 아버지가 웬 늙은 동네 할아버지로 보일 만큼 한참 늦둥이로 태어난 그녀는 약간 특수한 집안 환경 탓에 어쩔 수 없이 어렸을 때부터 약간 노숙한 편이었고, 대학을 남들보다 좀 오래 다니면서 예술 계통 공부를 쭉 했기 때문에 처음 보는 사람은 고개를 갸웃할 만큼 개성적인 어투를 구사하므로, '평범하지 않은 어법'에도 그녀는 담담하게 동그라미 표시를 한다. 영어학원을 다닌 적은 있지만 잠깐 다닌 정도였고, 목숨 걸고 원어민 강사를 찾아 헤매거나 한 적은 없으므로 여기에서는 자유롭다. 그러나 네모진 턱 때문에 늘 놀림을 받았기 때문에 박경림 같은 생김새에도 역시 동그라미를 치는 그녀가 태초부터 이태원 걸이었던 것은 아니었다.

지방 소도시에서 출생하는 그 순간 이태원 걸이란 운명의 별이 그녀를 밝게 비춘 것도 아니니 도대체 이태원 걸의 씨앗은 언제 그녀의 가슴에서 싹을 틔워 태동해 자라난 것이었을까. 그러나, 사실 그 씨앗은 그녀의 가슴속에서만 싹 틔운 것이 아니다. 한국의 여러 아가씨들, 동양의 수많은 아가씨들의 가슴속에서 잠자고 있었다. 그리고 그녀의 경우에는 몇 년 전 유럽 여행 길에 올랐을 때 지중해의 태양 아래서 씨앗은 뿌리를 내려 찬란하게 피어나고 줄기를 뻗고 꽃봉오리를 맺었다. 눈만 마주쳐도 마치 돼지, 뚱땡이, 하고 말하는 것만 같던 조국 남성들의 차가운 경멸에 얼음처럼 얼어붙어 있던 그녀의 심장이 이때부터 따뜻하게 녹아내렸던 것이었다.

"유럽에서 그런 순간을 맞이하는 여자가 저밖에 없는 건 아니에요. 진짜 장난 아니라니까요. 세 걸음 뗄 때마다 '벨라, 시뇨리타'아름다워요, 아가씨라는, 태어나서 처음 들어보는 탄성이 이

어지는데 기분이 어떻겠어요?"

　그녀는 미소 지었다. 이 천혜의 환경에서 자신의 아름다움을 부정하기란 더없이 어려운 일이었다. 그냥 달콤하게 항복하는 것이 훨씬 쉬웠다. 특히 그녀에게 유럽이 특별했던 이유는 조국에 비해 훨씬 개인주의적 경향 때문이었다. 누가 뭘 입고 다니든 요만큼도 신경 쓰지 않는 사람들은, 관대하거나 혹은 무관심했다. 이것은 지금까지 그녀가 이십 몇 년을 살아온 대한민국과는 천지차이였다. 앞서 말했듯 조국의 보통 여성에 비해 탁월하게 풍만한 가슴을 가진 그녀는 오지랖 넓은 조국의 동포들 덕택에 탑처럼 노출이 있는 종류의 상의는 입어볼 엄두도 내지 못하고 평생을 살아왔다. 그렇게 마치 온몸을 감싸는 차도르처럼 길고 헐렁한 박스형의 옷 속에 은폐된 채 오랜 세월을 고독하게 방치되어야 했던 그녀의 피부는 이때, 이곳에 이르러서야, 비로소 태양빛을, 그것도 아름답기로 소문난 지중해의 태양을 마음껏 만끽할 수 있었다.

　"정말 그렇다니까요. 팔에 박쥐처럼 살이 달려 있거나 내 허벅지가 아기 코끼리 점보를 가볍게 능가할 지경이건 말건 내 몸에 뭘 걸치건 말건 아무도 신경을 안 써요. 정말 아무도. 그때 태어나서 처음으로 탱크톱하고 핫팬츠를 입어봤어요."

　그녀는 그렇게 지금까지 반강제로 차단당했던 자유와 햇빛을 자신의 몸에 열심히 입혔다. 그렇게 햇살을 한껏 만끽하는 그녀에게 어쩌다 와 닿는 눈길도 조국에서처럼 "그런 몸뚱아리로 내 눈에 띄는 폐를 끼치다니 당장 죽어줘야겠다!"가 아니라 "차우, 벨라 밤비노"안녕, 아름다워요, 베이비이니 도무지 기죽을 새가 없었다. 하지만 슬프게도, 여름과 여행은 언제나 끝나게 마련이다. 그녀는 자신의 몸을 사랑하는 사람으로 바뀌었지만 그러거나 말거나 조국은 여전히 그녀의 몸을 사랑하는 곳이 아니었다. 그래서, 그녀는 한국 속의 작은 외국인 이태원으로 직행해 유럽의 영광을 다시 한 번 재현해보기 위해, 그리운 그 유럽을 잊지 못해서 곧장 이태원 걸로 변신했다는 것일까?

"특별히 외국인을 찾을 생각이 있었던 건 아니었어요. 한국 남자는 무조건 싫어! 이런 것도 아니고요. 일단 한국 남자를 만날 기회 자체가 없어요. 한국에 살면서 한국 남자들을 만날 기회가 없다는 게 좀 이상하게 들리죠? 근데 이게 사실이에요. 한국 남자 만나면 좋죠. 나도 조국 남자가 좋다니까.(웃음) 근데 한국 남자들은 저를 여자로 안 봐요. 저를 무슨 무성 생물처럼 대해요……. 내지는 투명인간……. 강의실에 있어도요, 동아리방에 가도……. 전 그냥 딱 없는 사람처럼 되거든요? 차라리 털털하고 막 그런 성격이었으면 걔들이 남자 애처럼 대해주고 낄 수라도 있었을 텐데……. 또 그런 성격은 아니거든요. 좀 예민하고 그래서…… 그리고 좀 비합리적인 거 보면 막 지적하고 그러거든요? 그럼 금방 소문나죠. 쟤 이상해, 완전 까칠해, 사고방식 사차원 막 이렇게요. 참 웃기죠. 전 되게 상식적인 사람인데."

그녀가 가진 특색 중 하나인 상식 우선의 사고방식은 어느 정도 서양의 합리주의와 맞닿는 면이 있고 좋은 게 좋은 거라는 식으로 넘어가는 한국적 '정'으로 어필이 가능한 스타일이 아니니 사람들이 까칠한 사람 취급을 했다는 거야 그럴 수도 있겠지만, 외모가 보통의 한국 남성에게 어필할 정도는 아니라 하더라도 엄연히 생물학적으로 여성일진데 무성 생물에 아메바 취급이라니 언뜻 이해가 가지 않았다. 그러나 그녀의 말은 극히 단호했고, 1%의 망설임도 없는 확신에 차 있었다.

"그게 이런 거예요. 남자들은 사귀고 싶은 여자가 딱 있거든요! 그게 뭐냐고요? 예쁜 여자! 전 소개팅할 때마다 제일 웃기는 말이 그거예요. 나갔다 하면 듣는 말인데, '좋은 분인데요, 저하고는 인연이 아닌 거 같다'고. 하하. 그러면 소개팅할 때마다 애프터 받는 애는 만인과 인연이 있는 건가요? 무슨 팔자가 이런지.(웃음) 그냥 예쁘냐, 안 예쁘냐죠."

그렇지만 꼭 예쁜 여자들만 연애하는 것은 아니다. 그래도 그녀는 고개를 흔들었다.

"그거야 그렇죠. 근데 원하는 타입이 정해져 있긴 해요. 인기 있는 애들 보면 의외로 막 모델같이 예쁘고 이런 애들 아니거든요? 결국 '보호본능＋수수함＋청순미'가 삼단콤보라고요. 거기에 역경에 부딪혔을 때 한없이 긍정적이고 평소엔 조용하나 친해지면 밝고 상큼한 성격이면 인기가 미친 듯이 후지산 대폭발

이죠. 만화로 치면 캔디, 연예인으로 치면 서민정이라고 해야 하나? 막 그런 애들, 교회 피아노 반주 할 것 같은 애들.(웃음) 전 대학 동기한테 진지하게 '넌 자아도취에 빠져서 부정적 인생관을 남에게 전수하려는 습관이 있어. 진짜 짜증 나.' 이런 말까지 들었으니 남자가 붙을 리가 없죠."

그녀의 옆얼굴은 쓸쓸했다.

"가끔은 이런 생각도 들었어요. 내가 기름인가? 물 밀어내듯 남자를 밀어내나? 나한테 남자들만 맡을 수 있는 악취라도 나나? 그 불편함이 너무 싫어서 고등학교 때부터 머리는 쭉 스포츠형에 가까운 쇼트커트에 가슴 가리려고 항상 오버사이즈에 박스형 체크무늬 남방, 힙합바지 입고 다녔어요. 여름엔 헐렁한 반바지. 반소매 남방. 이러고 다니면 아무도 불편해하지도 않고 아무도 신경 쓰지도 않아요. 여자도 아니고 남자도 아니고 그냥 무성 인간 내지는 투명인간. 무슨 꽃병처럼 정물이라고나 할까. 작년까지 그러고 살았어요."

지금 내 눈앞에 앉아 있는 그녀에게 그런 시절이 있었다는 것을 믿기는 힘들다. 여전히 조국의 평균보다는 통통한 체격이라 할지언정 지금 내 앞에 앉아 있는 이 여자는 여성스러운 굴곡이 적당히 드러나는 브이넥의 니트 원피스, 깜찍한 웨지힐, 어깨를 넘어 부드럽게 굽이치는 웨이브 헤어를 한 천생 아가씨니까.

"유럽 갔다 오고 나서 달라진 거죠. 첨엔 진짜 놀라고 막 거부감 느꼈어요. 막 어딜 가도 사람들이 예쁘다, 예쁘다 그러니까……. 애들이 다 나랑 한 번 자보려고 이러는구나. 아니면 돈 뜯으려고 그러나? 이런 생각만 들고. 이 발정 난 수캐들……. 지 몸 하나를 어떻게 못하는구나……. 하면서 딱하게 여기고 그랬거든요. 아이고, 이것들이 얼마나 못 하고 살았으면 나한테도 꼴리나 그러면서. 근데 유럽 남자들에 대한 생각을 바꾸게 한 건 재밌게도 유럽 여자들이었어요. 우린 막 서로서로 씹잖아요. 외모 비평할 때는 남자들보다 더 무섭죠. 더 신랄하고. 근데 걔네들은 진짜 눈곱만 한 장점이라도 있으면 거기에 초점을 맞춰서 이야기하거든요. 걔네가 '얘, 너 정말 부럽다. 피부가 참 곱다. 나도 너처럼 몸매가 굴곡이 있었으면 좋겠어. 갸름한 눈매가 정말 아름다워' 이런 얘길 막 하는 거예요. 무슨 동화책에서 튀어나온 것 같은 금발에 모델 하이디 클룸같이 다리 길고 마른 애들이!"

사실 한국인들이 남의 외모 평가에 박한 것은 사실이다. 그와 동시에 성형외과는 최고 성업 중인 나라. 한국인의 외모 평가란 사실 다음과 같다. 너도 김태희 아니지? 그럼 '짜져'!

"그렇게 조금씩 마음을 여니까 남자 애들도 대하기가 편하더라고요. 심지어 나중에는 여자 애들이 저를 은근히 힐끔힐끔 경계하는 것도 기쁘더라고요. 와~ 나를 경쟁 상대로도 여겨주는구나. 아이고 고마워라, 난 정물이고 무생물, 무성 인간이었는데! 여기에서 나는 여자구나……."

생각이 바뀐 그녀는 표정부터가 달라졌다. 웃는 횟수도 늘어났다. 가슴을 가리느라 늘 구부렸던 자세도 펴졌고 웃는 횟수도 늘어났으며 걸음걸이가 경쾌해지자 그녀에게 호감을 갖는 사람들도 늘어났다. 그러나 한국에 돌아오고 나서 그녀는 한동안 외출할 생각조차 하지 못했다.

"저는 변했다고 쳐요. 그렇지만 세상은 하나도 안 달라졌잖아요……."

실제로 그녀와 함께 탔던 지하철에서 아줌마들은 웬 젖통이 다 보이냐며 우악스럽게 그녀의 옷자락을 추켜세워주었다. 그들의 친절은 자신들에게는 선행이었을지 모르되 그녀에게는 폭력이었다. 그녀는 결코 다시 아메바가 될 수 없었다. 구부정한 자세로 박스 티에 힙합 바지를 입은 짧은 머리 무성 인간의 삶으로 돌아갈 수는 없었다. 이제 정물이 될 수는 없었다. 이미 그녀는 여자가 되어버렸으니까. 부드럽고, 하얗고, 풍성한 살결 아래 뜨거운 피가 끊임없이 흐르는 그런 여자.

"한국 돌아오니까, 우리나란데 너무 고독한 거예요. 만날 사람도 없고……, 말 통하는 사람도 없고……, 내 나라 내 말인데……, 서툰 영어로 대화할 때보다 사람들이랑 의사소통이 더 안 되는 거예요. 내가 뭐가 그리 이상하다고 '이거 이상해, 너

진짜 사이코구나?' 막 이러고…… 뚱뚱하고 못생겨서 애가 한 맺혀서 성격 꼬였다고 뒤에서 수근대고…… 듣기 싫죠, 진짜. 뭐 지적할 때 한국적 비합리다 이러면 '야 너 미국에 환장했냐? 양넘이 그렇게 좋으면 나가 살아!' 이런 말이나 해대고…… 누군 뭐 여기 살고 싶어서 사나요…… 그래서 너무 외로워서 벼랑 끝에 내몰리는 기분으로 이태원을 찾았던 거예요. 바에 혼자 앉아 있는 여자는 창녀의 사촌쯤으로 생각한다는 거 뻔히 알면서도 거기 그러고 앉아 있는 게 차라리 마음이 편했어요. 적어도 거기 있으면 정물은 아닌 거예요. 여자인 거예요. 운 좋으면 대화 통하는 사람을 만날 수도 있고. 그런 걸 희망이랍시고 믿고 싶어했던 거 같아요. 어디 가서 누구한테 말하기도 뭐하죠. '어제 뭐했어?' '어, 이태원 갔어.' 사람들이 뭐라고 생각하겠어요. 뻔하잖아요……. 저부터도 떳떳하지가 못한 거예요. 그니까 또 괴롭고. 그래서 며칠 안 가요. 해질 무렵만 되면 막 불안해지죠. 거기 가야 할 거 같고. 어느새 보면 또 바에 앉아 있는 거예요. 꼭 무슨 중독 같아. 이태원 가면 잘 노는 애 같을지 몰라도, 전 무슨 조국에서 추방당한 것 같은 기분으로 가는데.(웃음)"

이 가엾고 사랑스러운 유형수가 갈 만한 곳은 그곳밖에 없었을까. 그러나 그녀는 고개를 살래살래 흔들면서 요즘은 가지 않는다고 말했다.

"왜냐고요? 남자는 다 어차피 똑같거든요."

두 달이 넘게 안 갔다고, 평생 안 갈 거라고 말하는 그녀의 입술은 미소를 지었지만 눈은 웃고 있지 않았다.

"걔네도 뻔히 알아요. 쟨 한국 남자들이 줘도 안 갖는 여자다. 지들한테는 남은 밥만 돌아가고 있다는 거, 훤히 알거든요. 남자들은 경쟁 동물이니까. 그런 기분 완전 '드러운' 거죠. 한국 살다 보면, 특히 산 지 좀 된 애들은 눈이 완전 한국 남자로 바뀌어버리거든요. '야, 넌 살 좀 빼야겠다, 스물다섯? 나이 많다 완전 아줌마네~' 이런 말 서슴없이 하죠. 눈만 파랗지 완전 속은 한국인보다 더 한국적이에요. 그리고 기본적으로 바에 혼자 앉아 있고 이러면 일단 접고 보는 거죠. '아 저 여자 되게 절박하구나. 오케이.' 딱 그러고 들어가서 지 편한 대로 관계를 좌지우지하는 거예요. 하하…….

물론 좋은 사람도 있어요. 그런데 언어 장벽. 이거 생각보다 만만한 문제 아니에요. 잘하고 못하고를 떠나서. 결국 깊이 있는 관계로 가려면 대화가 필수인데 이 과정에서 걸려버리는 거죠. 아예 한국어에는 없는 개념도 숱하니까. 사고의 체계가 다르다고 해야 하나? 합리적이고 그래서 좋기만 할 것 같지만 알면 알수록 낯설고 남 같고 막 그렇거든요. 역시 인연이 아니어서 그랬을지도 모르지만……. 안다고 해서 다 와 닿는 건 아니잖아요. 머리로는 알겠는데 가슴으로는 이걸 받아들일 수가 없는 거예요. 어쨌거나 여기 없는 사랑이 거기 있나요? 역시 아니더라고요."

　약속이 있다면서 핸드백을 챙기고 샌들의 고리를 채우던 그녀는 뜬금없이 무라카미 류의 소설 이야기를 꺼냈다.

　"『교코』라는 소설이 있거든요? 게이 미군한테 라틴댄스를 배운 아리따운 일본 소녀가 그 게이를 찾아 미국 전역을 헤맨다는 내용이죠. 거기 보면 모든 미국인들이 교코를 사랑해요. 아끼고 막 숭배하고……. 거기 나오는 미국인은 다 비대하고 자기 몸도 다룰 줄 모르고 막 그런 사람들이거든요. 근데 교코는 막 야리야리하고 동양의 신비한 매력에 천상의 춤을 추는……그래서 애가 춤을 췄다 하면 무슨 부탁이든 다 들어주고…… 그래서 미국인들이 교코를 무슨 다른 차원에서 온 존재처럼 대해요. 여신처럼…… 막 춤으로 사람들을 구원하고…… 제가 이태원에서 보니까요. 거기 살다시피 하는 여자 애들은 처음에 자기가 교코인 줄 알아요. '한국 놈들이 다 저질이고 편협하고 취향이 별로라서 그렇지, 내가 여기선 먹어준다' 뭐 이런 자부심이 있거든요. '양키들은 다 나를 좋아할 거다. 왜? 나는 오리엔탈의 신비한 매력을 한몸에 지닌 지적이고 재치 있는 멋진 여자니까!' 그치만 걔네도 이제 동양 사람들은 전부 이렇게 생긴 거 알 때 됐거든요? 여기 사는 애들이잖아요. 걔네도 길 가는 여자들 볼 때마다 반할 순 없잖아요.

　글구 지적이고 재치 있는 여자? 한국 남자들이 똑똑한 여자 피곤하다 그러죠? 서양 애들도 똑같아요. 안 그런 애들, 지적인 여자 좋아하는 지적인 남자 애들은 우리 쪽이 오히려 피곤하고요. 결국 한국 애들이나 서양 애들이나 똑같다는 거죠. 솔직히 나중엔 다 습관적으로 만나는 거예요. 그래도 놀던 데가 여기고 어디 갈 데도 없고…….

그동안은 저 혼자 '잼보리' 했죠. 내 몸에 국기 꽂는 심정으로 안 만나본 나라 남자가 없으니까요. 대가요? 많이 치렀죠. 한국 남자만 만났으면 안 봤을 더러운 꼴도 많이 보고 입에 못 담을 험한 일도 많이 당했죠. 후회는 안 해요. 그래서 귀중한 거 알았으니까. 뭐냐고요? 그건, 세상에 공짜는 없다는 거. 성실하고 착한 외국인 남편 만나는 여자 분들도 있긴 있어요. 바에서 만나는 사람은 진짜 드물겠지만, 실제로 본 적도 없지만, 암튼 해피엔딩도 있긴 해요. 정말 아내 아껴주고 사랑해주고 그런 외국인 남편. 근데 그건 한국인이랑도 마찬가지잖아요. 확률로 생각해보면? 글쎄요. 비슷하거나 한국인 만나는 게 더 쉬울 거예요. 외국인 남자들은 무조건 한국 여자면 덮어놓고 좋아하는 거 아니냐고요? 그런 게 어딨어요. 공짜는 없다니깐요!"

유럽을, 그리고 이태원을 헤매면서 호된 대가를 치르고 알게 된 가장 중요한 것은 바로 이것이라고, 그녀는 조용히 말했다. 상대의 무조건적인 호의를 지레 전제해버리고 거기에 맞춰 행동하는 것처럼 어리석은 건 없다고. 사탕을 바랐다가 지레 울어버리는 어린아이처럼 "사랑스럽다, 예쁘다"는 달콤한 말을 기대했던 그녀는 이제 없다. 사탕도 없다. 사탕은 원래 없었다. 다만 지금 남은 것은 "벨라 시뇨리타" 하고 아무도 말해주지 않아도, '뭐야 이 뚱땡이는' 하는 눈으로 쳐다보는 눈빛을 보아도 흔들리지 않고 자신의 아름다움을 알고 있는 여자다. 한때 자신을 무성 인간이라고 정의했던 여자는 하찮으면서도 고통스럽고 우스우면서도 지난했던 세월과 관계들에 깎이고 닳게 되면서 원석이 자신만의 모양으로 깎인 후 가장 아름답게 빛나듯, 그녀도 이제 브릴리언트컷 다이아몬드 같은 빛나는 여자가 되었다. 아마도 이제 다시는 정물로 돌아가지 않으리라. 이태원으로도 가지 않으리라. 이제 이태원 걸은 없다. 그냥 소녀가 있을 뿐이다. 살아 있고, 따뜻한 피가 흐르는.

사회라는 정글에서 싸우고 있는 남자들에게 가끔은 마음 맞는 친구들과 모여 유럽 프리미어리그라도 틀어놓고는 맥주 캔을 따고 오징어 숯다리를 씹으면서 "아유 저 자식 공 차는 거 봐라. 아주 개발이네" 하며 허세 부리는 시간이 필요하듯이, 복잡한 도시에서 험한 삶을 헤쳐 나가고 있는 아가씨들에게도 간혹 그런 시간이 필요하다.

된장녀라고 누가 벽돌을 던지건 말건, 어떤 아가씨들에게는 다 된 휴대폰 배터리를 충전하듯 정기적으로 조용한 음악이 들려오는 아늑한 카페에서 향기로운 커피와 맛있고 예쁘게 생긴 음식을 음미하며 보내는 시간이 꼭 필요한 것이다. 이유야 알 수 없지만 자고로 아가씨라는 것은, 여자라는 것은 원래 그렇게 생겨먹은 존재인 것을 어쩌란 말인가. 룸에서 양주라도 시켜놓고 스무 살이 될락 말락 한 예쁘고 어린 남자 애들 양쪽에 끼고 더듬으며 주지육림으로 질펀하게 놀겠다는 것도 아닌데 그에 비하면 이 약간의 소박한 사치에 된장녀가 어쩌고 하면서 돌 던지는 사람들이 나쁘다. 그러나 그들로 하여금 주저 없이 그토록 돌을 들게 하는 원인은 아마도 이 어여쁘기 그지없지만 극히 조그마한 음식들의 도무지 이해가 되지 않는 가격과 역시 도무지 이해가 되지 않는 당도일지도 모른다. 사람들은 대체로 자신이 이해할 수 없는 것에 대해서는 난폭해지는 경향이 있으니까.

무슨 커피랑 과자 나부랭이 몇 조각 먹는데 밥상 그득한 반찬에 밥 한 공기까지 한 상 차려지는 식사보다 더 돈이 드는 게 말이 되냐, 방금 밥 먹고도 무슨 배가 또 남아서 이렇게 단 게 먹히느냐고 투덜대는 이런 남자들에게 상처받은 여자가 있다면 여기 그런 여자에게 딱 맞는 남자가 있다. 그의 이름은 바로 토이남.

대체로 이십 대 후반에서 삼십 대 중후반까지 분포한 연령대로 '토이'의 노래 가사에 나오는 것처럼 사근사근하고 조용하고 섬세하게 살아가는 미혼 남자를 일컫는 토이남은 대체로 예민한 위장과 감수성의 소유자이므로 배가 터질 듯한 만복감이 느껴질 때까지 밥을 입에 밀어 넣는 일도 없고 고속으로 먹어치우지도, 다량을 섭취하지도 않고 오로지 깨작깨작 차분한 식사 습관을 가지고 있기 때문에 대체로 말랐으며, 종종 당신이나 나보다 더 그렇기 때문에 식사를 마친 후에도 위장 안에 케이크와 커피 등을 수납할 여유 공간이 충분히 남아 있다. 이렇게 그들은 한

가로운 카페 순례에 있어서는 최적의 파트너로, 실제로 서교동과 삼청동의 카페 일대는 서울에서 1평방미터당 가장 많은 토이남이 분포하고 있는 지역이다. 토이남을 낚고 싶다면 이 근방에 해당 품종의 고기가 풍성하지만, 그들은 섬세한 위장 못지 않은 섬세한 심장의 소유자이기에 무서운 여자를 싫어하므로 초면의 토이남을 단번에 낚을 수 있는 확률은 극히 드물다.

토이남을 낚는 방법은 서서히 잠식하는 것뿐이다. '우리가 사귀고 있는 건가 보다' 하고 속일 수 있거나 '아, 우리가 운명인가 보다' 하고 세뇌할 수 있으면 완벽하지만, 앞서 말했듯 겁도 많은데다 카페 하나를 들어갈 때도 아늑하고 독특할 것, 개성 없는 대형 프랜차이즈 매장이 아닌 개인 사업장일 것, 공정무역 커피까지 갖추고 있을 것 등등 스스로 100% 만족하도록 자신의 입맛에 맞는 스페이스를 고르는 예민한 그들이기에 이런 최면을 거는 것은 너무나 난이도가 높은 미션이다. 그렇다. 그들은 한 마디로 까다로운 남자들인 것이다.

토이남의 까다로운 기준들 :

1. **토이남이란 :** '토이'의 노래를 좋아하며 토이 노래에 나오는 것 같은 삶을 살고 있는 대한민국 이십 대 후반에서 삽십 대 초반의 독신 남자를 일컬어 토이남이라 한다.

2. **연애를 하고 있지 않을 때의 토이남을 말하는 노래 :** 〈여전히 아름다운지〉, 〈내가 너의 곁에 잠시 살았다는 걸〉, 〈혼자 있는 시간〉

3. **연애를 하고 있는 토이남을 말하는 노래** : 〈그럴 때마다〉

4. **짝사랑을 하고 있는 토이남을 말하는 노래** : 〈좋은 사람〉새드 버전

5. **토이남의 가장 흥겨운 순간을 말하는 노래** : 〈제리 제리 고고〉이 것은 이승환의 노래지만

6. **토이남이 좋아하는 탈것** : 좋은 스테레오가 장착된 자동차를 기본으로 하며 그들은 만일 여력이 된다면 귀엽고 작은 스쿠터를 갖고 싶어한다. 일본산의 아기자기한 스쿠터보다는 베스파나 하바나 같은 이탈리안 클래식을 선호하며 간혹 자전거를 좋아하는 토이남도 존재하나 이 경우에도 그들은 결코 MTB 스타일을 선택하지 않는다. 빈폴 광고에 나와도 손색이 없을 듯한 클래식 스타일만이 그들의 바늘귀를 통과하는 낙타가 될 수 있는 것이다.

7. **토이남의 아날로그 취향** : 다이얼식 전화기나 고풍스러운 타자기, 축음기 스타일의 예스러운 오디오라든가 빈티지 자동차를 탐내는 남자가 과연 누구라고 생각하는가? 바로 이들이다! 디카 폰카가 만연한 요즘 세상에 굳이 필름 카메라로 찍어서 현상을 하는 남자가 과연 누구라고 생각하는가? 더는 말할 것도 없다!

8. **토이남이 좋아하는 동물** : 물론 고양이. 그렇지만 페르시안이나 샴 고양이를 밝히는 것은 경박해 보이므로 코리안 쇼트 헤어를 좋아한다. 아주 큰 개라면 토이남의 취향이지만 몰티즈나 요크셔테리어 같은 왕왕 짖는 작은 애완견을 토이남이 좋아하기란 아주 어렵다. 굳이 개라면 불테리어나 보스턴테리어처럼 귀엽고 독특한 것이 좋겠다.

9. **토이남이 좋아하는 마실 것** : 커피,에스프레소로 시작해 반쯤 마시고 나면 뜨거운 물을 타서 아메리카노로 만든다. 경박한 크림 따위에는 관심이 없다 와인, 맥주국산은 제외, 호가든이나 벡스 다크를 좋아한다

10. 토이남이 가고 싶어하는 곳 : 체크무늬 러그를 필히 지참하고, 등나무 바구니에 넣은 샌드위치와 과일, 와인을 마실 수 있는 어딘가의 교외. 물론 20도가 넘는 포트 와인 따위를 그는 취급하지 않고, 고작해야 7~8도 정도의 와인일 것. 영화 〈괴물〉에 나올 것 같은, 맥주와 오징어를 파는 한강 둔치를 토이남은 싫어한다. 금발을 휘날리는 〈엘비라 마디간〉 '삘'까지는 못 내더라도 하다못해 양평 정도까지는 가주는 것이 토이남의 정열이며 '가오'이다. 시간이 없거나 차가 없어서 못 가면? 삼청동이다, 목에는 반드시 dslr 카메라를 걸고. 로모와 롤라이 장만도 형편이 된다면 마다할 것 없다.

11. 토이남의 장래희망 : 은발 신사. 따라서 새치를 발견하면 좌절하거나 염색을 고려하지 않고 향후 자신의 모습을 상상하며 몹시도 두근거리는 가슴을 주체하지 못한다. 이때의 롤모델은 반드시 제레미 아이언스, 약간 껄렁한 축이라면 최근의 데이비드 보위, 혹은 리처드 기어 단, 〈뉴욕의 가을〉 버전이다. 절대로 〈사관과 신사〉 버전이 아니다!

12. 토이남이 가장 자신 있어 하는 신체 부위 : 긴 손가락. 이것을 갖지 못했을 경우 토이남으로서의 치명적인 결격 사유가 된다.

13. 토이남의 체격 : 토이남은 너무나 예민해서 살찌지 않는다. ex: 유희열을 보라! 그런 노래를 만들고 부르는 남자가 살이 찔 리가!

14. 토이남의 완소 여성 스타일 : 어디까지나 약간 어리버리할 것, 한마디로 아기 같은 여자. 전형적인 여자 스타일로 뭘 해도 다소 어설프고 귀여운 어리버리녀들이 토이남의 '지대'로 된 완소 스타일. 토이남은 민감해서 위험을 쉽게 알아채므로 팜파탈을 보면 울면서 도망친다. 물론 눈에 티가 들어갔다는 거짓말을 하면서 달리겠지만…….

15. 토이남의 완소 휴일 : 햇살이 따뜻한 날 자전거 뒤에 그녀를 태우고 아주 좋은 냄새가 나는 빵집에 들어가 베이글 샌드위치를 사서 소풍을 간다. 자전거에 달린 바구니에 바게트 빵까지 하나 들어 있다면 더할 나위 없다. 물론 여기에도 와인 한 잔을 빠뜨릴 수 없지만 토이남이 보는 것은 그의 여자 친구가 아니다. 그에게 지금 중요한 것은 와인을 한 방울도 떨어뜨리지 않고 따르는 자신의 긴 손가락! 그 여자 친구가 누구인지는 중요하지 않다! 그에게 지금 중요한 것은 길고 가는 손가락으로 따르고 있는 와인을 받아 마실 그 누군가가 있다는 것이다! 그런 갤러리가 있는 휴일!

16. 토이남의 친구 관계 : 토이남의 친구들은 누군가 실연을 당하면 밤새 술을 마시며 위로해준다. 단, 맥주만 마신다는 거……. 밤을 새며 술을 마셨다 해도 병 주둥이에 입을 댔다 떼기만 할 뿐, 정작 계산할 때 보면 1인당 1병을 넘지 않는 청순하고 시시한 주량이 이들의 특징이다.

17. 토이남의 약점 : 의외로 촌스러운 취향. 이를테면 케이크 위에는 딸기가 올려져 있어야 화룡점정이라고 생각한다든가, 레몬이 들어가지 않은 홍차를 보면 어딘가 마음이 불편해진다.

18. 토이남의 가장 큰 콤플렉스 : 아직 소년인 것.

19. 토이남의 가장 큰 자랑거리 : 아직 소년인 것.

20. 토이남과 여자 : 그들은 대부분 여자 친구에게 잘해준다. 특히 원시 시절의 채집 본능을 발휘해 여자 친구를 위한 선물을 사려고 몇 시간 동안 헤맨다든가 하는 일을 아주 좋아한다. 그러나 그들에게 보이는 것은 여자 친구가 정녕 좋아할 것만 같은 물건이 아니라 쇼윈도에 비친 바로 자기 자신. 여자 친구의 선물을 사기 위해 오랜

시간 다리가 부르트도록 헤매는 바로 나, 나, 나, 나, 나!

21. 여자가 보는 토이남의 가장 큰 장점 : 간지럽다는 것.

22. 여자가 보는 토이남의 가장 큰 단점 : 간지럽다는 것.

일단 그들의 까다로운 기준을 통과해서 함께 다과를 할 수 있는 여자라고 인정받기만 한다면 그는 아마 '애프터눈' 티세트까지도 당신과 함께 정복할 수 있는 남자다. 토이남은 때로 밥보다 더 많은 돈을 지불해야 하는 예쁘고 맛있는 음료와 간식에 거부감이 없으며, 또한 그것들이 함유하고 있는 당도에 강하다. 이를테면 만 원짜리 한 장이 훌쩍 넘게 지불해야 하는 와플이 그 돈을 지불할 만한 값어치가 충분히 있다는 것과 와플만으로라도 만 원이 넘을 경우에는 종종 이 간식이 한 끼 식사의 위치로 현현할 수도 있다는 것을 인정하는 남자는 오로지 토이남뿐이다. 그들은 대부분 중산층 이상의 집안에서 성장했을 경우가 많으므로 어릴 때부터 '문화'에 소비하는 비용에 익숙하며 또한 너그럽고, 자기 자신을 위해서 행하는 소비를 낭비보다는 투자로 인지하므로 죄책감이 적다. 그러므로 카페라는 장소를 단순히 먹고 배 채우기 위한 기능적 공간이나 남녀가 마주 앉아 잡담하는 시간을 갖기에 적합한 장소로 이해하는 것이 아니라 그 커피와 배경음악, 마카롱 따위의 군것질, 테이블이나 의자나 다른 손님들 등을 다 포함한 그 자체로써 독립적인 '문화'로 인지한다. 즉 그들은 아름다운 장소에 앉아 아름다운 디저트를 섭취하는 과정에서 여자들이 당분과 가벼운 사치와 낭만과 여유를 즐긴다는 것을 이해하고 있는 것이다. 왜냐하면, 바로 그들

자신이 그러하니까.

그렇다, 키워드는 바로 낭만이다. 낭만은 토이 노래의 정수이며 낭만이야말로 토이남의 지상 목표이자 삶의 지표이며 그의 존재 이유다. 그는 설령 사실은 마음속으로 '대한민국 이십 대로써 재테크에 미치'고 싶거나 '부자 아빠의 꿈을 꾸고 있'다 하더라도 결코 다른 남자들처럼 무심코 침을 튀기며 외국 펀드가 어떻고 재작년에 넣은 데가 얼마나 났고 주가가 어떻게 떨어졌으며 내가 들고 있는 청약이 어떻다는 둥의 이야기는 하지 않는다. 그는 어디 재개발 지역에 집을 사놓으면 확 오를 거라든가 신도시 어딘가의 아파트가 투자 가치가 있다는 둥의 말을 절대로 입 밖으로 내지 않고, 다만 아름다운 아내와 귀여운 아이들에게 피아노를 치며 노래를 불러줄 수 있고 작고 아담한 마당에서 함께 캐치볼을 할 수 있을 정도의 여유를 지닌 다정한 아버지가 되고 싶다고 말한다. 속으로는 아무리 셈이 빠르다 하더라도 함부로 여자에게 집은 몇 평이냐, 아버지는 뭐하시냐, 결혼하고 맞벌이는 할 생각이냐, 안정적으로 공무원이 되거나 공기업 같은 데 다녀볼 생각은 없느냐는 식의 말은 혀를 깨물고 죽는 한이 있더라도 입 밖으로 내뱉지 않는다.

그것은 그가 대단히 신중하거나 사려 깊어서가 아니라 그가 가장 혐오하는 것이 바로 '경박함'이기 때문이다. 경박함이야말로 천박함과 더불어 낭만을 좀먹는 가장 치명적인 벌레이므로 그는 필사적으로 경박함에서 도망친다. 그러나 낭만은 필연적으로 센티멘털리즘을 동반하는 법. 센티멘털한 기분을 한껏 만끽하면서도 경박함만 골라서 피하기란 쉬운 일이 아니기 때문에 토이남으로 만족스럽게 살아가는 길은 꽤 난해하다. 토이남의 딜레마는 바로 여기에 있다. 그들의 이런 딜레마를 이해하기에 가장 많은 팁을 제시해주는 것은 음악이다. 90년대 초반, 선풍을 일으키며 등장했던 공일오비를 필두로 한 새로운 감성적 음악의 기수들은 당시 X세대로 대변되던 이른바 '신인류'인 젊은 오빠들의 감성을 가장 잘 표현해주었고 이후 전람회, 윤종신 그리고 결코 빼놓을 수 없는 토이와 더불어 최근에는 성시경까지를 토이남 가수의 계보라 말할 수 있다. 이들은 토이남이 빠지기 쉬운 함정을 알기 쉽게 노래한다. 이 가사들은 얼핏 사랑 이야기를 하고 있는 것 같지만, 자세히 들을 것!

　이들이 노래하고 있는 것은 '사랑'이 아니다. 이들이 노래하고 있는 것은 '사랑을 하고 있는 나'인 것이다. 토이남에게 중요한 것은 그녀에게 줄 선물 그 자체가 아니라, 그 선물을 고르기 위해 자신이 들인 시간이다. 그렇게 공들인 선물을 받은 그녀의 미소도 기쁘지만 그가 진심으로 으쓱하게 느끼는 것은 미소를 지을 수 있게 만든 자기 자신이다. 화창한 휴일, 그녀를 위해 요리를 한다.종목은 물론 파스타 하지만 중요한 것은 그녀가 봉골레를 좋아하는지 아라비아타를 좋아하는지가 아니라 예쁜 접시에 파스타를 담는 나의 지금 이 순간, 내 손이다. 이별 노래도 마찬가지다. 가슴 아픈 이별과 안타깝게 헤어진 사랑을 노래하지만 가만히 들어보면 그건 가슴 아프게 이별한 나, 사랑과 안타깝게 헤어진 나, 너와 헤어진 뒤 좀 야위었지만 거리에서 너를 마주칠까 봐 거울 앞에 서서 나를 꾸미는 나…… 나, 나, 나,

나, 나……. 이렇게 해서 마리떼 프랑소와 저버와 겟 유즈드 진을 입고 자라난 토이남은 간혹 괜찮은 와인 바에서 와인을 마시고 각종 공연이나 전시에 갈 수 있는 여유를 가진 어른으로 성장하여 거울을 본다.

여기까지 봤을 때 만약 당신이 섬세하고 낭만적인 남자를 원한다면 토이남은 최고의 선택이 되겠지만, 여자 쪽에서 그를 선택한다 해도 그가 가진 이상 역시 매우 까다롭다. 마치 결혼정보회사에 대놓고 '스물다섯 살 이하/165cm 이상/50kg 이하/여교사 혹은 공무원'이라는 식의 조건을 요구하는 남자들만큼이나 까다롭다. 단지 드러내지 않을 뿐이다. 일단 토이남은 쉽게 연애하지 않는다. 종종 오해를 받기는 하지만 마마보이인 경우도 드물다. 이것은 모두 눈이 높거나 해서가 아니라 그에게는 쉽사리 타인이 침범할 수 없는 콘크리트처럼 견고한 내부 영역이 있기 때문이다. 그의 온전히 평화로운 일상은 매우 세심한 배려로써 안배되어 있으며, 그는 혼자서도 충분히 즐길 수 있는 일상의 소소한 즐거움들로 이루어진 작고 완벽한 세계를 웬만한 결심을 하지 않고서는 좀처럼 깨려 하지 않을 것이다. 고독은 그에게 그렇게까지 고통스러운 일이 아니다. 오히려 그것은 그의 세계를 더욱 감미롭게 만들어주는 향료와도 같은 것이다.

이 남자의 완벽한 공주가 되기 위해서는 눈 딱 감고 그의 꿈과 낭만에 감탄해주고 동참해주는 수밖에 없다. 현실에서 아무리 남루하고 가난한 성냥팔이 소녀라 할지라도 그의 낭만에 보탬이 된다면 그녀는 완벽한 동화 속 공주가 될 수 있다. 감성과 낭만에 죽고 못 사는 그의 소녀스러운 감성을 만족시켜 줄 수만 있다면 dslr 카메라와 체크무늬 러그, 피크닉 바구니를 지참한 그의 소풍에 동참할 수 있는 프리 티켓을 끊은 거나 마찬가지다. 일단 그 티켓을 끊기만 하면 그는 당신이 정규직인지 비정규직인지, 월수입은 얼마고 아버지는 뭐하시는지, 집은 어느 동네이며 자가인지 전세, 월세인지 통장 잔고는 대략 얼마인지 따위에는 전혀 관심 갖지 않을 것이다.

그러나 한국에서 남녀가 결혼해서 살기 위해서는 어느 정도의 비용과 얼마 정도의 전셋집이 필요한지 대략이라도 숫자가 필요함에도 그는 이런 실용적인 이야기는 역시 뒷전으로 돌릴 것이고, 그저 남이야 속이 터지건 말건 둘이서 아침 햇살이 하얀 시트 위에 쏟아지는 침대 위에서 깨어나면 자신이 그녀의 뺨에 해줄 모닝키스, 그다음 자신이 그녀를 위해 베드 트레이 위에 끓여 올 향기로운 모닝커피와 크루아상 이야기를 귓가에 속삭이고 또 속삭일 테니 어차피 이 낭만에 동참할 수 있을 정도의 비위짱과 천진함과 순수함을 구비하려면, 월수입도 좀 되고 집은 반포쯤에 있어야 가능한 일일 것이다. 토이남이 애써 피하고 싶은 삶의 완강함과 싸우느라 지친 여자는 인생을 소풍처럼 즐기고 싶은 토이남의 반질반질한 소망이 같잖기만 할 테지만. 그래도 그를 사랑해서 결코 버릴 수 없다면 뭐 어쩔 수 없는 일. 비위의 한계를 늘리고 정 토할 것 같을 땐 비행기 탔을 때 주는 멀미 주머니라도 여러 개 구해다가 꽉 잡고 버티면 될 일이다.

이렇게 깃털처럼 간지러운 토이남, 가끔은 한 대 콩 쥐어박아주고 싶은 토이남은 그래도 기회가 된다면 갖고 싶은 남자다. 적어도 그는 부끄러움을 아는 인간형이고, 적어도 그는 마초는 절대 아니고……

그렇다. 슬프게도 지금 시대를 살아가는 어리지 않은 여자들이 남자를 고르는 기준은 '최선' 혹은 '최고'의 선택이 아니라 '적어도' 혹은 '그나마'일 경우가 많다. 쾌적한 쇼핑센터에서 상품을 고르는 우아한 쇼핑객의 모습이 아니라 당장 허기를 면하기 위해 음식물 쓰레기통을 뒤지는 길고양이처럼 '괜찮아 아주 썩은 건 아니야, 그나마 아직 먹을 순 있겠어'라는 식이기 때문에 간혹 이런 토이남을 보면 어쩔 수 없이 실낱같은 희망이 생긴다.

'조금만 어르고 달래면 되지 않을까? 좀 고쳐놓으면 괜찮지 않을까? 철 좀 들면 괜찮지 않을까?'

어르고 달래고 고쳐야 하는 토이남의 아주 미세한 단점은 아직 소년인 것. 그러나 소년이 어른이 되는 순간 토이남은 더 이상 토이남이 아니므로 모든 것은 수포로 돌아간다. 한국에서 가장 로맨틱한 종족인 토이남과의 연애에서, 여자는 원래 민감한 생물이므로 자신이 낭만의 주체인지 도구인지 정도는 쉽게 파악할 수 있다. 전자라면 더없이 다행이지만 후자의 경우라면 완전히 출구 없는 감옥에 갇힌 격이 되고 만다. 연적과 연인의 관계를 더욱 로맨틱하게 하고 뜨겁게 하는 데 바로 내가 윤활유 노릇을 하고 있는 셈이니 그야말로 미치고 환장할 지경이다. 분

명히 토이남과 연애하고 있건만 사실 이 치정의 실체는 삼각관
계이다. 게다가 그 연적의 실체라도 있으면 머리채라도 잡고 육
탄전으로 맞붙어도 보련만 내가 있기에 더욱 활활 타오르는 연
인의 정부를 무슨 수로 떼어놓을 것인가. 내 토이남 연인의 정
부, 그 실체는 사실 토이남 자신이기 때문이다. 이 막대한 연적
은 바로 토이남 그 자신이기에 그들을 떼어놓는 것은 죽음으로
도 불가하며 살아 있는 한 영원히 이길 수 없다. 그렇기 때문에
바라보고 있으면 더욱 감질나고 목마르고 간지러운 당신. 마셔
도 마셔도 목마른 당신. 그런 당신의 이름은 바로 애증의 토.
이.남.

4. 게이, 레즈비언, 트랜스젠더 그리고 스트레이트의 공통점

친구는 이 책에 필요한 사례를 모으기에는 지극히 좁은 내 인간 관계를 한탄하는 하소연을 들은 다음, 짧게 말했다.

"나한테 부치 친구가 있어, 이야기 들어볼래?"

그래서 그녀는 나 대신 그 '부치' 친구를 만나기 위해 토요일 저녁 취객과 인파로 혼잡한 대학로로 향했다. 친구는 전화로 재차 위치를 확인한 후에야 간신히 그녀를 만났다. 2년 만에 마주친 그녀의 차림은 남루했고 안색 역시 차림만큼이나 바래 있었고, 그녀 옆에는 서툰 화장을 한 어려 보이는 여자 애가 옆에 바짝 붙어 자신의 손끝을 불안하게 만지작거리고 있었다고 했다.

"내가 마지막으로 봤을 때 같이 살던 여자가 아니더라. 걔 여자 친구들 만날 때는 조심해야 돼. 구체적인 언급을 꼭 피하는 요령이 필요하지. 어설프게 고유명사를 남발했다가는 순식간에 실수를 범하거든."

　여자 애는 대학 신입생인 것 같았는데 삐뚤게 그린 아이라인에 원래 입술 라인보다 훨씬 크게 삐져나온 오렌지 색 립스틱이 몹시 촌스러워 보였다. 그 모습에 친구는 오래 알고 지낸 지인으로서 그녀의 여자들이 갈수록 못나지는 것에 대해 내심 탄식했다. 그들은 파전 골목으로 들어갔고, 기름이 줄줄 흘러내리는 거대한 파전을 앞에 놓고 막걸리를 마셨다.
　파전은 전화번호부처럼 두꺼웠고 좀처럼 줄어들지 않았지만 막걸리는 빠른 속도로 동이 났다. 그녀는 요즘 심부름센터에서 일한다고 했다. 그것은 말 그대로 각종 심부름을 해주고 돈을 버는 일이었다.

　"가수 토니 있잖아, 걔는 만날 아웃백에서 립 사다 달라고 하더라. 벌써 몇 번이나 사다 줬어."

　그녀는 분명히 생물학적으로 여성, 그것도 이십 대 여성이지만 그 나이에는 어울릴지언정 그 성별에는 어울리지 않는 일들 중 안 해본 것이 없는 여자라고 친구는 말했다. 공사장 인부에서 술집 '삐끼', 성인오락실 문지기, 중국집 배달원 등등. 물론 그녀도 첫 사회생활의 테이프는 커피숍이나 패스트푸드점에서 차를 나르고 햄버거를 포장하는 따위의 지극히 평범한 일들로 끊었지만 주렁주렁 러플이 달린 앞치마 입기를 거부한다거나 높고 명랑한 '솔sol' 음으로 인사를 하지 않는다거나 무뚝뚝한 쇼트커트로 자른 머리 모양이 언제나 문제가 됐다. 남자 직원들 못지않게 무거운 것도 척척 들었고 화장실이 아무리 더러워도 제 입 속을 정성껏 양치질하듯 시원스레 청소하기를 마다하지 않았지만 여자 애에게 사람들이 결코 기대하지 않는 무뚝뚝하고 사내다운 태도가 늘 문제가 됐다. 결국 그녀가 할 수 있는 일은 남자들이 하는 일이었다. 그것도 육체 노동자의 일.

힘을 써서 먹고 사는 그녀의 팔과 어깨는 자잘한 근육이 올라와 제법 우람했다. 원래도 몸의 선이 가는 편은 아니었지만 뒤에서 보면 여자라기보다는 다부진 남자라고 착각하게 될 정도였다. 그녀의 상체는 헬스클럽에서 공들여 가꾼 근육과는 거리가 있는 이른바 '노동근'이었지만 헐렁한 남방을 입고 있어도 충분히 단단해 보였다. 반면 허리에서 엉덩이, 허벅지로 이어지는 선은 둥글고 여성적이어서 기묘한 느낌을 자아냈다. 겉으로 보이는 모습만큼이나, 아니 그 이상으로 그녀는 종잡을 수 없는 사람이었다. 언제나.

그녀는 마지막으로 봤을 때 같이 살던 '그 여자'와 지금도 살고 있다고 말했다. 오렌지 색 입술의 여자 애도 이 모든 정황을 알고 있는 듯 이런 이야기를 들어도 태연하다. '그 여자'도 이 여자 애의 존재를 아느냐고 물었더니 모르지만 눈치를 챘는지 요즘 들어 악다구니가 심해졌단다.

"밤마다 칼 들고 설친다니까. 벌써 몇 번 죽을 뻔했는지 몰

라. 매일 밤 그래, 매일 밤. 지 몸 그은 것도 한두 번이 아니고."

　친구는 4년 전 매일 밤 칼춤을 춘다는 그 여자를 본 적이 있었다. 당시 지방에 살던 그녀는 서울에 있는 친구의 자취집을 찾아와 아는 동생을 하룻밤 재워달라고 부탁했다. 꼬불꼬불 찾기 어려운 집은 도저히 설명만 듣고 찾아올 수 없는 곳이었기에 마중 나가 데려올 수밖에 없었다. 새벽 2시가 훌쩍 넘은 시간이었고 싸늘한 여름밤 그녀는 생쥐처럼 푹 젖어 있었다. 갈아입을 옷을 주고 목욕물을 데웠지만 그녀는 씻지도 옷을 갈아입지도 눕지도 않은 채 가만히 앉아 새벽이 되면 떠나겠다고 했다. 그런 여자였다. 스무 살밖에 안 되는 아가씨가 왜 새벽 2시에 비를 맞으며 낯선 서울 거리를 헤매다 잘 알지도 못하는 사람의 초라한 방에 깃들어 혼이 빠진 듯 가만히 앉아 있어야 했는지, 친구로서는 도대체 그 모든 이유들을 짐작조차 할 수 없었다. 아마도 거기에는 길고 어둡고 슬픈 사연이 있었을 것이다. 하지만 그런 자잘한 불행을 짊어지고 있는 여자치고 그 아가씨는 너무나 평범한 인상이었다. 도저히 그녀의 취향이 아니었다. 그녀는 좀 화려한 여자를 좋아하는 편이었다.

　"난 처음에 걔 노래하는 모습에 반했어. 근데 지금은 그 노래, 더 듣고 싶지 않은 건 물론이거니와 목소리조차도 듣고 싶지 않다."

　물론 거기에는 칼춤도 포함될 것이다.

"더 이상 개를 안고 싶지 않은데 어떡해. 그럼 또 난리를 치는 거야. '내가 더러워? 내가 냄새 나? 왜 내 몸에 손도 안 대는 거야!' 이러면서 막 집어던지고 때리고…… 내가 혜진이같이 사는 그 여자한테 그랬다. 너랑 살 거라고. 옆에 앉은 오렌지 색 입술의 아가씨를 가리키며 얘는 그냥 가슴에 묻고 살 거라고. 그럼 또 막 지랄을 하는 거야. 어떻게 다른 여자를 품고 자기랑 사냐고. 그런데 나도 어쩔 수 없잖아. 좋아하는데 어떡해? 만난다는 것도 아니잖아. 그냥 가슴에 묻고 산다는데. 가슴을 파내냐? 도려내냐? 어쨌든 살아야 되잖아. 근데 혜진이는 그걸 이해를 못한다. 야, 너는 이해하지……."

유감스럽지만 친구 역시 그녀를 이해할 수 있는 건 아니었다. 칼춤과 비명과 눈물과 통곡이 혼재한 그 난리통을 겪고 나서도 그녀가 오렌지 색 입술의 아가씨를 가슴에 품고만 살거나 도려내거나 하는 것이 아니라 실제로 만나고 같이 기름이 줄줄 흐르는 뜨거운 파전도 뜯어먹으면서 오랜 친구에게 소개도 시켜주고 있으니, 이게 웬 난리인지. 친구는 젓가락으로 파전을 죽죽 찢으며 사랑이 끝나면 다른 사랑으로 넘어가면 되지 뭐가 이렇게나 복잡한가, 하고 생각했다.

"근데, 개를 둘러싼 모든 문제는 항상 그랬어. 지독하게 복잡하고……또 구질구질했지."

친구는 고개를 절레절레 저었다. 칼춤 추는 아가씨에게 발목을 잡힌 것은 또 구질구질한 사건 때문이었다. 술집에서 우연히 남자들과 시비가 붙어 일 대 사로 싸우다가 그중 한 명에게 치명상을 입히고 말았다는 것이었다. 물론 그녀도 남자들에게 엄청나게 맞긴 했지만 상대의 부상 정도가 너무 심해서 무려 전치 20주라는 믿을 수 없는 진단이 나왔다. 폭력사건 뒤에는 당연히 합의가 따르게 마련. 덕분에 그녀는 우리 나이 또래가 짊어지기에는 너무나 지독한 부상과 막대한 빚을 지게 되었다. 주로 일용직으로 일했던 그녀에게 돈이 있을 리 없으니 그 합의금은 친구의 방에 와서 혼 빠진 듯 앉아 있다가 나갔던 폭 젖은, 그 칼춤에 능한 아가씨의 카드로 돌려막게 되었는데 그 액수는 놀랍게도 700만 원에 이르렀다. 문제는 그런 일이 결코 처음이 아니라는 것이다. 그러나 그녀는 그런 사실을 알고도 모른 체한다.

"내가 갚는다고 했어. 매달 70만 원씩 열 달 동안 부친다고 그랬단 말야. 제발 나 놔달라고 애오렌지 색 입술의 아가씨랑 살게 해 달라고. 내가 막 걔한테 빌었다? 근데 안 헤어져주는 거야. 막 같이 죽자 그러고……."

돈을 갚고 싶다는 그녀의 말은 진심이다. 하지만 그녀는 갚지 않을 것이다. 칼춤 추는 아가씨도 알고 친구도 알고 한 다리 건너 들은 나도 알 것 같은 그 사실을 그녀만 모른다. 설령 돈 문제가 없다 해도 칼춤 아가씨는 그녀를 떠날 수가 없다. 아니, 사실 돈 문제는 단지 핑계일지도 모른다. 그녀들은 서로를 벗어나게 해줄 수가 없다. 그런 사랑도 있게 마련이다. 매번 누구 하나

가 죽든가 불구가 되든가 신용불량자가 되어서야 끝나는 사랑
만 하는 사람. 보는 사람 입장에서는 무슨 말을 할 수 있을까?
일단 그게 사랑이기는 할까? 친구는 하려던 말을 끝내 삼키고
돌아왔다. 차마 할 수 없는 말이라 했다.

"'야 너 그거 사랑 아냐. 그냥 호르몬 장난이야. 니가 심심해
서 그래. 니네 아부지가 그렇게 되시지만 않았어도 니가 이 꼴
되진 않았을 거야. 너 엄마 생각해서라도 제발 이러지 좀 마라.
요즘도 나한테 밤에 전화하셔서 우신다' 하고 말할 수는 절대로
없었지. 걔네 아버지, 평생 바람피우면서 어머니 속 썩이다가
말년엔 행려병자로 살다가 시체 되어서야 집에 돌아왔거든. 근
데 내가 걔한테 '너 사는 거 요즘 보면 꼭 누구 같은지 알아?'
이렇게 말할 수는 없잖아. 내가 할 수 있는 건 그냥 애원밖에 없
어. '정신 좀 차리자, 제발 잘 살자 잘 살자……잘 살자' 이거
말고 무슨 말을 하겠어?"

세상아 다 덤벼라, 하고 호기를 부릴 만큼 젊지도 않고 인생
의 팁과 노하우를 적당히 알 만큼 철들지도 못한 우리가 서로
해줄 수 있는 말이라고 해봤자 충고도 위로도 아니고 도대체 남
한테 하는지 자신한테 하는지 알 수 없는 이 중얼거림뿐이다.
'잘 살자, 잘 살자, 우리 잘 살자…….'
친구가 그런 생각을 하면서 무기력하게 파전을 찢고 있는 사
이 오렌지 색 입술의 아가씨는 얼마 마시지 못하고 벌써 취해버
렸다. 그리고 이 아가씨는 자신은 그녀의 모든 것을 다 이해하

며 그녀를 놔주지 않는 그 여자가 나쁘다고 주장한다. 그리고 그녀가 이제껏 이 모양 이 꼴로 사는 건 그동안 만난 여자들 때문이란다. 자신은 다르며 그녀를 바꿀 거라고 우기다가 술잔 옆에 뻗어버렸다. 그녀는 겨우 스무 살이었다. 친구는 그녀의 말을 믿고 싶었다. 정말로 믿고 싶었다. 하지만 그러기에 그런 스무 살 아가씨들을 너무 많이 봤던 것이었다.

"걔, 목소리 좀 허스키하고 가슴이 절벽이긴 했지만 장차 레즈비언으로 날릴 기미는 없었어. 화통하고 의리파고. 또 어딘지 천진한 데가 있어서 전부 걔를 좋아했어. 나는 일반 고등학교, 걔는 기숙학교에 진학했는데, 기숙학교가 아니면 생겨날 수 없는 드라마가 아주 매일같이 펼쳐졌다지, 아마. 소문, 질투, 사건, 뭐 그런 것들인데……. 그때 기숙사에서 나란히 누워 있는 후배의 가슴을 더듬으면서 자기가 여자를 좋아한다는 걸 알게 됐다더라."

그렇고 그런 몇 번의 풋사랑을 거쳐 그녀가 처음으로 진지하게 사귄 여자는 국립대 국문과에 다니는 아가씨였다. 몹시 조숙한 그 아가씨는 고등학교 때 왕따였고 히스테리가 심한 어머니와 함께 살고 있었다. 밥은 굶더라도 택시를 타고 다녔으며 술 마시면 애교가 심해져서 약간 헤퍼졌다. 결코 미인은 아니었지만 도도한 데가 있어 눈길을 끌었다. 그 아가씨 역시 스무 살이었다. 이 아가씨를, 그녀는 마치 머슴 같은 자세로 아끼고 사랑했다. 각기 사는 곳도 달랐지만 기차를 타고 서로의 도시를 오가며 1년여 동안 열렬히 사랑했다. 그러나 겉으로 보기에는 너무도 멀쩡한 중산층 자제였던 그녀는 수시로 자살 충동에 시달렸다. 그들은 만날 때마다 싸웠다. 주로 문제가 되는 것은 그녀의 가난 그리고 학벌이었다. 그 아가씨의 괜찮은 학벌과 달리 그녀는 전문대에 다니고 있었고, 그나마도 휴학이 잦았으므로 아가씨는 그녀의 미래가 불투명하다며 종종 타박했다. 옷에 과 남자 선배들의 냄새라도 묻어 있으면 불같이 화를 내며 뭐든 집어던졌지만 그렇게 집어던지는 만큼 그들은 몹시 사랑했다. 폭풍같이 싸우고, 이별해 있을 때 더욱 달아오르는 사랑이었다.

그때 나타난 것이 진달래라는 여자였다. 초록색 머리를 한 레즈비언 바의 바텐더였는데, 영화 〈꽃잎〉을 본 이후 배우 이정현을 미친 듯이 사랑했던 그녀는 진달래를 보자마자 완전히 매혹당했다. 진달래와 이정현은 조금도 닮지 않았지만 어딘가 광기 어린 것 같은 분위기가 매우 흡사했다. 아니, 정확히 말하자면 진달래는 광기 어린 여자가 아니었다. 그냥 미친년이었다. 구운 생선과 눈이 마주쳤다는 이유로 밥상을 통째로 물리고 며칠씩 굶었다. 아무하고나 자고 며칠씩 연락이 두절됐다. 수시로 머리를 벽에 처박곤 했다. 진달래를 만나면 만날수록 그녀의 상태는 점점 더 나빠졌다.

그다음에는 한정화라는 여자가 나타나서 거의 죽어가던 그녀를 살렸다. 한정화는 여덟 살이나 연상이었고 풍만한 가슴을 가진 엄마 같은 분위기의 여자였으며, 수트를 입으면 커리어우먼

의 당당함이 느껴지는 어른스러운 여자였다. 체구부터 이전에 만났던 마르고 작은 여자들과 전혀 다른 타입이었다. 그녀는 성공한 일러스트레이터였지만 알코올 중독이 심해져서 일을 놓은 지 오래였다. 한정화는 그녀와 살림을 차린 첫 번째 여자였다. 집에서 돈을 훔쳐다가 살림을 사서 가구도 들이고 가전제품도 닥치는 대로 사들였다. 한정화는 정말로 홈쇼핑을 사랑했다. 매일같이 풍만한 가슴을 아름답게 감싸줄 새로운 10종 세트 브래지어, 그들의 몸을 건강하게 해줄 건강식품이 배달되었다.

또한 그녀는 화려한 술집에서 멋있게 술 마시는 것도 좋아했다. 그들은 늘 친구들을 불러 매일같이 술을 마셨다. 늘 돈을 지불하는 것은 그녀였다. 그녀와 한정화는 다른 사람이 계산하는 것을 참을 수 없었다. 주변에 사람이 들끓었다. 그러나 얼마 후 그들은 그동안 계산서를 호쾌하게 집으며 술을 샀던 이들에게 돈을 빌리기 시작했고, 갚지 못하는 일이 반복되자 모여들던 속도의 곱절로 빠르게 사람들이 떨어져나갔다. 커플은 동시에 막대한 카드빚을 지게 되었고 둘 다 신용불량자가 됐다.

이 연애의 종말은 각자 개인파산신고를 하는 것으로 끝났다. 그래도 그녀는 한정화에 대해 이야기할 때마다 지금도 사랑하는 여자라고 말한다. 유일하게 유감없이 헤어졌던 여자였다고. 다음에 만난 여자는 서울의 모 여대 의상학과에 다니는 모델 체형의 아가씨였다. 허영이 심하고 멋 내는 걸 좋아했다. 머리를 안 감고 온 날은 설령 애인인 그녀 앞에서도 모자를 벗지 않았다. 손 하나 까딱 안 하는 귀부인 타입이었으므로 식당에서 돈이 모자라면 그녀는 ATM기를 어떻게든 찾아내서 돈을 구해와 계산을 치렀다. 절대 자신의 지갑을 여는 법은 없었다. 그에 따라 그녀의 경제 사정은 더욱 나빠졌다. 남자들은 크게 오해하고 있다. 그들이 말하는 '된장녀'는 남자만 등쳐먹는 것이 아니다.

그녀는 자신에게 살이 끼었다는 말을 자주 했다. 이 모든 게 사주 때문이라는 것이다. 가만있어도 여자가 꼬이는 팔자를 타고나서 어쩔 수 없다고 했다. 그만큼 아가씨들은 그녀를 열렬히 사랑했다.

"내가 요즘 피시방에서 일하거든. 근데 요즘 어떤 애가 매일 와서 도시락을 주고 가. 이 계집애가 나이를 물어보대. 그래서 스물일곱이라 그랬더니 '우와 나이 대빵 많다' 막 이러는 거야. 아 시팔 내가 뭐 나이 처먹고 싶어서 처먹었냐. 돼지 같은 게. 그래도 어려서 그런지 통통해도 귀엽더라."

그날 밤 그녀는 오렌지 색 입술 아가씨의 자취방에서 자고 간다고 했다. 친구는 그제야 1년 만에 연락했는데 바로 나올 수 있었던 이유를 알 수 있었다. 오렌지 색 입술의 아가씨가 사는 동네는 친구가 사는 동네와 가까웠으므로 아마 그녀는 친구의 집에서 자고 간다고, 휴대폰 기능을 통해 그녀의 위치를 수시로 추적하는 칼춤 추는 그 여자에게 거짓말을 했을 터였다. 다음날 친구는 막걸리 때문에, 그리고 칼춤과 위치 추적에 능한 아가씨 때문에 머리가 깨질 것 같다며 머리를 절레절레 흔들었다.

"야, 근데 그 오렌지 색 입술의 아가씨 그렇게 취하고 흐트러졌는데 예뻐 보이더라. 전혀 예쁜 이목구비는 아니었거든. 그게 뭔지 알아? 딴 게 뭐 필요해? 사랑받고 있다는 거, 그게 최고 메이크업인 거야."

그렇지만 그 메이크업의 혜택을 받지 못한 다른 여자, 거짓말을 한 애인의 외박을 밤새도록 의심했을 다른 여자는 친구에게 전화를 걸었고 에베레스트라도 무너뜨릴 기세로 질문을 퍼부어 댔다. 친구는 잠결에 되는 대로 대답을 지어댔지만 논리의 허술함을 아가씨는 정교하게 파고들었고, 마침내 친구는 거짓말을 시인하고 말았다.

"울더라. 엄청 울어. 두 시간을 시달렸어. 그리고 묻더라. 헤어져야 되냐고, 놔줘야 되냐고. 그러면 어떡하냐. 정말 같이 죽을 것도 아니잖아……."

그리고 우리는 한동안 아무 말도 하지 않았다. 부치 레즈비언의 연애는 어떤 것인지 천박하게 이야기 수집 좀 하려고 했더니 그냥 들은 것은 지긋지긋한 연애 한 무더기다.

그러나 이것도 연애다. 이것도 사랑이다. 우리가 도대체 뭘 어쩔 수 있단 말인가.

매번 이렇게 사랑하고, 매번 이렇게 통곡하고, 매번 이렇게 박살 나거나 박살 내는 건 게이건 레즈비언이건 트랜스젠더건 스트레이트건 지긋지긋하게 연애 그치지 못하는 종자라면 다 똑같은 것을.

친구는 술기운이 덜 깬 얼굴로 중얼거렸다.

"이것도 연애라고, 조오치, 연애. 옳다구나."

연애고 사랑이고 뭐고 좋으니 제발 살아남아라……

나도 옆에서 성황당 앞에 돌 던지듯 간절히 빌었다. 옳다구나, 제발 살아남아라 아가씨들아, 연애든 사랑이든 떡이든 뭐든 좋으니 일단 살기나 하자. 살고 보자. 술 먹고 남자에게 전치 20주의 부상을 입히는 부치 아가씨와 그 아가씨의 아가씨들아, 제발 살고 보자.

5. 유부남들의 여신으로 살아가기

유부남과 사귀는 아가씨, 라고 떠올려봐도 내게는 그다지 구체적인 이미지가 떠오르지 않는다. 그런 비슷한 걸 할 뻔한 적은 있지만 A형답게 의외로 실정법을 무서워하는 등의 이유로 어찌어찌 피했고 그 소심함 때문에 아무리 흠뻑 마음에 드는 유부남이 눈에 뷘다 하더라도 유혹해볼 의욕도 용기도 도무지 생길 것 같지 않다. 세상에는 그런 남자한테서 받을 거 다 받고 사랑도 예쁨도 다 받은 다음 홀랑 차버리고 괜찮은 남자 꼬드겨 결혼할 정도로 영리하고 매력적인 여자들도 있기는 있는 것 같지만 나와는 몇 억 광년은 떨어진 이야기다.

하지만 그런 여자가 있었다. 가장 친한 친구의 그리 가깝지는 않은 고교 동창, 재학 중 B 선생님과의 전설적인 스캔들. 그리고 고교 졸업 이후에도 심심찮게 들려온 믿기 어려운 일들까지

그녀는 소도시에서 외경의 대상이었다고 친구는 말했다. 이 이야기는 그 친구가 나에게 들려주었다.

그녀는 처음에 친구의 이름을 기억하지 못했고, 퍼즐을 맞춰보듯 서너 명 동창들의 이름을 동원하여 겨우 서로 동창이라는 결론에 도달할 수 있었다. 그녀는 친구를 기억하지 못했지만 적어도 친구가 졸업한 그해 K여고를 졸업한 사람 중 정연진, 이라는 세 글자를 모르는 사람은 아무도 없을 것이라고 딱 잘라 말했다.

"걘, 전설이었어."

지금 그녀는 경기도의 한 위성도시에 살고 있었고, 친구는 그녀의 집 근처 프랜차이즈 카페테리아에 앉아 모카롤 따위와 싱거운 아메리카노를 주문했다. 아주머니 두엇이 빵을 고르는 것 이외에는 고요하기 그지없는 한산한 카페의 어색한 침묵 속에 커피는 차게 식어갔고, 온기가 미처 다 가시기 전 찰랑, 하는 소리와 함께 문에 달린 종이 울리자 그 '전설'이 들어섰다. 약간 마른 체격, 집에 있다 그대로 나왔는지 떡진 머리, '마성'이니 '전설'이니 하는 단어가 도무지 예측되지 않는 조금 허름한 차림새까지 고등학교 때와 전혀 다를 바가 없었다.

"A 선생님 이야기를 하고 싶다고? 왜?"

친구는 망설이며 당시 전교에 만연해 있었던 소문에 대해 더 듬더듬 말을 이어갔다.

"아니 정말 둘이 사귀는 사이 맞았냐……들리는 말로는 A 선생님이 너 때문에 이혼했다는데 그거 맞는 이야기냐?"

"아니지."

두 번 생각할 가치도 없다는 듯 그녀는 나무젓가락을 부러뜨리듯 딱 부러지게 대답했다.

"난 그때 남자 친구 있었어. 정말 너무너무 빛나는 사람. 내가 가진 어둠이 그에게 옮겨지는 게 싫어서 헤어져야 했던 사람이야. 내가 주님보다 그를 더 사랑해서 주님이 우리를 질투했고……."

이제 막 대화가 시작되었을 뿐인데도 친구는 깊은 피로감을 느꼈다. 고등학교를 졸업한 지 한참 지났는데도 그녀만의 만연체 섞인 현란하고 거창한 말투, 자신이 이 세상 단 하나의 특별하기 그지없는 존재라는 한 치의 의심도 없는 믿음, 그녀 외에는 누구도 이해할 수 없지만 본인은 진리라고 믿어 의심치 않는, 좋게 말하면 독특하고 나쁘게 말하면 재수 없는 자신만의 논리……. 게다가 모두 예상하겠지만, '전설'은 그 모든 점에 화룡점정을 찍듯 매우 독실한 기독교인이었다! 피로감이 완전히 어깨를 잡아 누르기 전에 친구는 얼른 그녀의 말을 끊고 본론으로 들어갔다.

"대체 A 선생님이랑 어떻게 그렇게 된 거였어? 시작이 뭐였던 거야?”

“시작은 사소했지.”

정말 사소한 일이었다. 학급일지를 점검하는 시간은 6교시가 끝나는 4시 정도. 그러나 실제 종례는 보충수업이 모두 끝난 6시쯤에 이루어진다. 그래서 학급일지의 종례란에는 아직 이루어지지 않은 가상의 종례를 주번이 지어내서 써야 했다.

“난 항의했지. 선생님들이 단지 행정상의 편의를 위해 학생들한테 거짓말을 강요해도 되냐고 말이야.”

어린애 주제에 어딜 개기냐고 면박이나 당하지 않으면 다행이었겠지만, 희한하게도 A 선생님은 그런 그녀의 모습이 귀엽고도 당돌하고 개성 있다고 여겼던 모양이었다. 이후 그들은 수시로 만나서 이야기를 나누는 사이가 되었다. 야간 자율학습 때나 청소시간, A 선생님은 그녀를 불러내서 시시한 농담 따먹기를 하기도 하고 애들이나 선생님을 욕하는 등 둘만의 내밀한 시간을 보냈지만, 당시에 그녀는 이미 앞서 말했던 ‘주님이 질투하는’ 남자 친구가 있었다. 마침 A 선생님은 그녀의 담임 교사였고, 남자 친구와의 데이트를 위해 그녀는 두 사람의 내밀한 관계를 유용하게 사용했다.

“같이 상의해서 결정하고 그랬어. 이번엔 뭘로 할까요? 할머니 제사. 아 너무 진부한가? 엄마 공항 마중?”

그렇게 A 선생님이 담임 교사의 재량을 이용해 그녀의 야자를 빼주고, 그녀가 데이트를 하러 가면, A 선생님은 거의 강박 증세라고 해도 좋을 만큼 그녀의 삐삐에 음성 메시지를 남겼다.

"별 내용도 없었어. 뭐하냐. 어디 가냐. 오늘 어디어디는 ×× 고 학생주임 뜰 거니까 가지 마라. 아직도 같이 있냐. 뭐 이런 내용으로 네 개 다섯 개씩 계속 오는 거야. 나중엔 남자 친구가 막 짜증 냈지. 뭐하는 사람이냐고. 선생이 뭐 그러냐고."

그녀에게는 데이트를 위한 구실이었을지언정 A 선생님은 사실 그리 별 볼일 없는 남자는 아니었다. 일단 키도 183cm나 되는 상당한 장신이었고, 어려서부터 수영을 꾸준히 해서 어깨가 보기 좋게 넓었다. 그렇게 당당하게 벌어진 어깨에 적당히 늘씬한 체격, 약간 가무잡잡한 피부에 적당히 갸름한 눈매. 그 눈매에 어울리게 언제나 입술 한쪽 끝만 올라가는 그런 냉소를 흘릴 수 있는 사람은 아무도 없었다. 열심히 그 쿨해 보이는 냉소를 따라하다 입이 돌아갈 뻔한 애들이 한 타스도 넘는다는 우습지도 않은 우스개가 떠돌 정도로 그는 사실 ×× 여고 최고의 인기 교사였다.

그러나 친구는 그토록 많은 수컷으로서의 매력은 선생으로서의 미덕과는 거리가 멀었다고, 그녀와의 스캔들을 제외하고서도 선생이 되기에는 인격적으로 문제가 많은 사람이었다고 회상했다. 그러나 학생들은 그의 결함까지도 사랑했다. 그가 교무

실에서 문제아 하나를 발로 짓밟기 전까지는. 교사가 학생에게 행하는 폭력은 흔한 일이었지만 다른 교사들 사이에서조차 인식이 나빠질 정도로 그 폭력의 수위와 방식은 심각한 수준이었다. 교사와 학생들 모두가 그것은 결코 사랑의 매가 아니었고, 순간적으로 자기 분노를 다스리지 못한 인격적 미숙함의 결과라고 생각했다. 당연히 그는 고립되었다.

"그때 선생님은 나를 유독 자주 불렀어. 난 그런 애는 맞아 죽어도 싸다고 했지."

'죽어도 싸다'라고 분명하게 발음하는 그녀의 표정은, 그녀가 그토록 사랑하는 『구약성서』의 하나님만큼이나 엄중해 보였다. 당시에는 A 선생님이 연진의 품에 안겨 자주 울었다는 소문이 돌았다. 그의 아내는 인근 여중의 음악 교사였는데 여기에 대해서도 여러 가지 소문이 있었다. 그녀의 다리에 장애가 있다는 사실을 놓고서도 A 선생님이 교통사고를 낸 뒤 책임지려고 결혼해준 거다, 아니다, 장애를 가졌지만 너무나 사랑했기에 어쩔 수 없이 결혼한 것이다 등등 여고생의 상상력 안에서 가능한 온갖 소문이 난무했다. 그의 아내가 일하던 학교에서 이 여고로 진학한 학생들도 많았으므로 학생들은 A 선생님의 아내에 대해 다들 잘 알고 있었다.

그래서 그 아내가 학기 중간에 아무런 해명도 이유도 없이 갑작스럽게 사직서를 냈을 때, 얼마 후 그들이 마침내 이혼했다는 게 알려졌을 때, 작은 지방 소도시인 P시는 이 희대의 스캔들로 들썩였다. 화제의 중심은 역시 그녀였다.

"시간도 많이 지났고 이젠 말할 수 있지 않을까? 너 그때 정말 선생님이랑 사귀었던 거지?"

"아냐. 선생님은 원래 와이프랑 문제가 있었어. 난 조언만 해줬고. 나도 남자 친구랑 문제 생기면 얘기하기도 했고. 우린 그냥 그런 사이었어. 그냥 대화가 통하는 사이었다고나 할까?"

하지만 너무 가까운 거리에서 나눈 대화가 문제였는지, 아니면 그 정도로 통하는 대화는 그만큼 가까운 거리에서 나누어야만 하는 것이었는지 무사히 사대에 진학한 후 모교로 교생실습을 갔던 그녀는 A 선생님의 무릎에 앉아 있는 모습을 학생들에게 들키고 말았다. 운동장 벤치는 여러 개 있는데 왜 하필 그 벤치였고 그 무릎이었을까, 친구는 궁금했지만 그것까지는 그녀에게 묻지 못했다.

"A 선생님 결국 권고사직당했잖아. 그때 교생, 그러니까 너 말야, 교생과의 불미스러운 관계가 목격된 게 이유라고 하던데."

"근거도 없는 소문이지. 그 또래 애들이 얼마나 말을 잘 지어내니? 밤이고 그랬으니까 나뭇가지 그림자 같은 거라도 보고 말 지어냈겠지. 나도 어이없었다고."

어쨌든 신비스럽게도 그녀에게는 아무런 피해도 가지 않았다. A 선생님의 해직 이후 그와의 관계를 무 자르듯 끊어버린 그녀는 임용고시에 합격했고 순탄한 과정을 밟아 교사가 되었다. 교사로 재직하면서 그녀는 태어날 때부터 같은 교회를 다녔고 친자매보다도 더 친했던 언니의 남편과 교제를, 아니 연애를 시작했다.

"그때도 말이 정말 많지 않았니……? 일단 같은 교회 사람이었고 좀 그렇지 않나……?"

"아우, 그 형부랑 나는 정말. 난 진짜 그 얘기는 할 때마다 기가 차는데. 지영이 언니가 진짜 좀 문제가 많아. 그 언니 의부증이야. 마귀의 유혹에 넘어간 거지. 날마다 마귀가 그 언니 귀에다가 '니 남편 바람 핀다 바람 핀다' 하는데 어떡해? 사람이 미치는 거야. 그러면서 마귀가 막 그게 나라고 그러니 나야말로 미칠 노릇이지."

그들이 사는 도시는 좁았기 때문에 그녀와 지영이 언니의 남편이 함께 있는 것을 목격한 사람은 많았다. 그런 이야기가 들리는 와중에 정신적 스트레스로 환각과 환청에 시달리는 언니를 두고 그녀와 시댁 사람들은 독실한 신앙을 법전처럼 들이밀며 엄중하게 '귀신이 들렸다'고 선고를 내렸다. 친정 식구들만이라도 언니 말을 듣고 편을 들어주었다면 좋았겠지만 그들이 도움을 요청한 곳은 홍신소가 아니라 기도원이었다. 결국 언니는 귀신에 들리고 의부증을 앓는 여자가 되어 기도원으로 옮겨졌고, 이번에도 그녀에게는 아무런 피해가 없이 매끈하게 빠져

나갔으니, 모두들 혀를 내둘렀다. 그녀와 언니의 남편이 자주 가던 모텔 주인은 이렇게 말했다고 한다.

"주님인지 뭔지, 그년 편이긴 한가 보다!"

확실히 그런 것 같았다. 주님을 '빽'으로 가진 여자는 그냥 당당한 게 아니라 비둘기처럼 순결하고도 당당했다.

"그냥 만나서 커피 마시고 얘기하고 그게 다였어. 가끔 교외로 나가서 바람 쐬면서 차에서 얘기할 때도 있었고. 언니가 막 의부증 걸리고 이러니까 형부가 고민이 많잖아. 난 그거 들어주고 그게 다였는데 왜 다들 그런 추잡한 생각밖에 못하는지 참……."

이게 바로 그녀의 힘이었다. 그녀에게는 자신과 유부남들과의 다소 특수한 관계에 대해 조금이라도 의문을 갖는 사람들을 전부 '추잡'하게 만들어버리는 힘이 있었다. 친구는 물어보면서도 갑자기 얼굴이 붉어졌다고 했다. '아, 나는 왜 이렇게 추잡한 관심을 가질까, 나는 왜 이렇게 추잡할까…….' 무서운 에너지였다.

'의부증'에 걸린 언니가 완전히 정신이 나가버린 후, 그녀는 그 소도시의 선생 노릇을 그만두었다. 특유의 매끈하게 빠져나가는 솜씨로 간통죄로 징역을 산다든가 벌금을 문다든가 하는 불상사는 피했지만 동네에서 마주치는 눈길 하나하나가 감옥

창살이나 경찰 수갑처럼 차가웠다. 지금 살고 있는 경기도의 도시에서 그녀는 보습학원 강사를 한다.

친구는 용기를 내어 물었다.

"너, 요즘도 유부남 만나니?"

"다 친구 같은 분들이지 뭐. 나를 너무 아껴주시고. 나야 뭐 고맙지. 다들 그러더라. 와이프랑은 말이 안 통한다고. 그분들에게도 나 같은 존재가 필요했던 거 아닐까?"

그러나 그녀도 그들이 필요했다. 기자인 유부남의 프레스카드를 목에 걸고 한일전을 프레스 석에서 보았고, 별이 몇 개씩 붙어 있는 유수의 호텔들과 전국 곳곳의 명소들을 드나들었다. 그러다 보니 일정 배기량 이하의 차에는 탈 수 없었고 검증되지 않은 레스토랑에서는 도저히 밥이 넘어가지 않게 되었다.

"내 또래 남자들 만난 적도 있었어. 근데 너무 어린 거야, 애들이. 서툴고……. 그러다 그분들 만나면, 비교가 딱 되지. 일단 냄새가 달라. 난 진짜 남자의 매력은 향기에서부터 나온다고 생각하거든. 땀 냄새 나는 애들하고는 비려서 못 만나지. 그리고 수트. 요즘 수트 제대로 갖춰 입는 애 찾기가 얼마나 어려운 줄 아니. 근데 내가 만나는 분들은 일단 커프스부터 뭐든 제대로니까."

친구는 침을 꿀꺽 삼켰다. 그 커프스와 향수를 고른 게 '그분'의 아내일지도 모른다는 생각을 이 여자는 절대 못하는 걸까. 자신이 그토록 사랑해 마지않는 그들의 중후한 여유는 그 아내의 노동에서 비롯된다는 생각은 절대로 못하는 걸까?

친구는 간신히, 이렇게만 질문했다.

"죄책감 들 땐 없어……?"

"하하, 얘는. 누가 들으면 내가 불륜이라도 하는 줄 알겠다. 난 그냥 그분들이랑 데이트하는 거야. 그분들이 원하는 걸 드리고 나도 많이 배우고…… 뭐 그런 거지. 내가 뭐 남의 가정 깨는 사람이니."

"그럼 지영이 언니랑 A 선생님은……?"

묻는 사람을 '추잡'하게 만드는 바로 그 힘으로, 그녀는 신속하게 말을 잘랐다.

"그건 사고야."

아마 그녀가 현명할지도 모른다. 소문에 오르내리거나 소도시에서 창살처럼 차가운 시선을 받는 범위까지 가지 않고, 결코 '그분'의 아내가 모를 범위 안에서 영리한 데이트를 할 만큼 업그레이드된 것인지도 모른다. 그렇지만 친구는 그녀의 현명함은 납득할 수 있었지만 마치 칼로 그냥 죽 그어놓은 듯한 가느다란 입매, 핏기 없이 창백한 살결, 축 처져 달라붙은 생단발머리, 뿔테 안경, 누가 봐도 가임기 여성으로서의 매력이 다소 부족한 그녀가 그토록 유부남의 여신 노릇을 하는 이유가 궁금했다. 그녀의 대답은 이번에도 명쾌했다.

“얘는, 그분들은 나한테서 여자를 찾는 게 아니야. 대화를 찾는 거지.”

“애들 생각하면 망설여지지 않냐?”

“애들도 불행한 아빠보다는 활력 있는 아빠를 원하지 않을까? 있잖아, 그런 분들은 모자란 게 없는 분들이야. 커리어로나 경제적으로나. 불안정하기만 한 십 대 이십 대와는 달라. 그분들이 딱 하나 모자라는 게 뭔 줄 아니? 설렘이야. 다시 한 번 가슴이 뛰고 심장이 두근대는 걸 느껴보고 싶은 거야. 살아 있다는 걸 실감하고 싶은 거지. 난 그걸 제공하는 거고.”

어려서부터 나이 많은 남자들만을 좋아했던 고교 동창을 보며 갑자기 친구는 근심했다. 십 대에는 삼십 대를 좋아했고, 이십 대에는 사십 대를 만나고 있으니 그녀의 노화에 따라 이상형의 연령대는 줄곧 올라가기만 할 뿐 내려갈 리는 없다. 그러다가 연인들이 모두 죽어버리면 저 여자는 어떻게 살까, 친구는 이미 차갑게 식어버린 밍밍한 아메리카노를 꿀꺽 삼켰다. 하기야, 우리가 알 바 아니다. 여자를 찾는 게 아니라 대화를 찾는 ‘그분’이 어떤 분인지도 우리는 모르겠고, 모든 것을 다 가진 사람이 그토록 느끼고 싶어한다는 ‘설렘’이라는 게 무엇인지도, 다만 그 ‘틈새시장’을 공략한 그녀가 대단한 것 같기는 하지만 친구와 나는 그저 한숨만 쉬었다.

‘들키지 마라, 들키지 마라. 애들이건 ‘그분’의 부인이건, 누구 다치게 하면 죄받아.’

그렇지만 이렇게 말하고도 우리도 그게 아니라는 것을 안다.

죄받긴 무슨 죄, 최고로 신기한 건, 이런 여자가 언제나 잘산다
는 것이다. 이건 유부남과의 연애 따위의 이야기가 아니라 인간
의 종자에 대한 이야기였다. 대단한 종자였다.

6. 영계라는 이름의 뱀파이어

그녀가 처음부터 영계 킬러였던 것은 아니었다. 가끔 주변 사람들은 장난삼아 그녀를 영계 킬러라고 불렀고, 한번 찍은 연하의 남자를 매와 같은 기세로 콕 찍어 쉽게 자신의 소유로 만든다는 것이 영계 킬러라면 사실 그녀는 그 단어에서 그다지 자유로울 수 없었기 때문에 특별히 변명하지 않았다. 하필 골랐던 남자들이 다들 그녀보다 늦게 태어났던 것이지, 그녀보다 늦게 태어난 남자들에게만 마음이 꽂혔던 것은 아니었지만 타인의 눈에는 어차피 그게 그거처럼 보이기 마련이었으므로 그녀는 더더욱 별다른 변명을 하지 않았다. 그러나 지금 와서, 그녀는 돌이켜 본 다음 간혹 생각한다. 그 사내아이들은 그저 어리다는 것그것을 장점으로 취급할 수 있다면 이외에는 어떠한 장점도 없는, 말 그대로 '예쁠 것도 없고 아무렇지도 않은' 철딱서니 없는 생명체들이었다. 어린 수컷 특유의 수탉처럼 날개깃을 한껏 으스대는 허세와, 자기보다 단 몇 살만 많으면 그 여자를 은근슬쩍 아줌마 취급하고 싶어하면서, 하지만 그러면서도 데이트 비용은 어른인 그녀에게 좀 의존하고 싶지만 그렇다 해도 충분한 의젓함을 지닌 한 사람의 남자로써 인정받고 싶고 어머니나 누나처럼 그녀의 가슴에 기대고도 싶지만 동시에 관능적으로 이제 막 깨어나기 시작한 욕망도 마음껏 채울 수 있도록 그 가슴을 실컷 애무하고도 싶은 모순적 욕망으로 가득 찬 것들.

지긋지긋한 표정으로 그녀는 딱 잘라 그들을 '그것들'이라고 부르면서도, 사실 그녀가 그 모든 단점들에도 정말로 끌렸던 것들은 그들이 그녀보다 나이가 어렸다는 것, 젊었다는 것, 생산 연도가 그리 오래지 않아 아직 생생한 존재였다는 것, 그것이 아무렇지도 않고 예쁠 것도 없었던 그것들이 지녔던 매혹의 정수가 아니었던 걸까, 하고 생각했다. 그녀가 자석처럼 끌렸던 것은 그 생명력이었고 그녀가 그토록 생명력에 집착했던 것은 그것이 자기 자신에게 결핍된 것이기 때문이었다. 뭐든지 겪어보고자 하는 활기, 삶에 대한 의욕, 호기심. 비록 아무리 어리고 찌질한 사내아이라 할지언정 그들은 하나같이 그런 것들을 지니고 있었고 그런 것들이야말로 영계 킬러라고 불리던 시절의 그녀에게 진정으로 필요한 것이었다. 생활고라는 것은 마치 타르로 만든 거대한 손처럼 그녀가 하루에 먹는 쌀, 매달 내야 하는 전기세나 수도세 등의 공과금, 학비나 책값 같은 것을 엄중하게 상기시키며 그 찐득대는 손바닥으로 내내 그녀의 발목을

붙잡고 생활을 똑바로 마주 보도록 얼굴을 돌려세웠다. 그럴수록 그녀는 빨려 들어갔던 것이다, 알이나 팅 요금제를 쓰던 소년들에게. 아무것도 책임질 것 없는 이들의 가벼움에게. 쌀이나 책 걱정을 하지 않고 자신이 훗날 뭐가 돼도 될 것이라고 철석같이 믿는 그 백치 같은 믿음에.

사랑에도 연애에도 익숙하지 않아서 아무런 관성이나 타성도 없이 고백의 말이라도 할라치면 아직 솜털이 있는 뺨이 덜덜 떠는 순수함과 처음 해보는 사랑에 얼굴을 붉히는 생기를 먹고 그녀는 겨우 살아남았던 것이었다. 다 살기가 귀찮아서였다. 그래서 그녀는 영계 킬러라는 달갑잖은 꼬리표를 붙이게 되었지만, 그래도 죽을 수는 없었다. 숨이 붙어 있는 이상 어쩔 수 없이 살아야 했기 때문이었다. 그들은 마치 뱀파이어처럼 서로를 빨아먹었다. 그녀는 소년들이 처음 해보는 사랑의 두근거림과 심장 고동 소리와 서툰 키스를 빨아먹었고, 소년들은 말 그대로 그녀를 벗겨 먹었다. 세상 일이 하나같이 마음대로 되는 일이 없듯, 공부도 잘하고 집에 돈도 많아서 용돈도 잘 받는 아이는 그중 한 명도 없었고 사실 다 별 볼일 없는 아이들이었기에 자본주의 사회에서 데이트 비용을 감당하기 위해 그녀는 늘 고심했다. 하긴 만약 잘생기고 공부도 잘하고 돈도 많은 아이가 있었다 한들 그런 아이가 그녀의 차지가 되었을 리는 없었을 것이다. 그래도 어른이랍시고 포기할 수 없는 '가오'가 있어서 차마 돈 없어서 못 만난다는 말은 할 수 없었고 그녀 또한 그들을 사랑했기에 그 모든 데이트는 어떤 일이 있어도 일주일에 한 번 정도는 반드시 이루어졌으며, 그녀는 하다못해 집에 쌀이 떨어졌을지언정 영화나 놀이공원 같은 곳은 꿈도 못 꾼다손 치더라도 그들을 먹이는 일만은 거를 수 없었다.

지갑이 기름종이처럼 얇아서 마음까지 같이 와사삭 하고 구겨질 때는 내가 아들을 입양한 적도 없는데 왜 이렇게 퍼 먹여야 되나 싶었지만 어쩌다 함께 버스라도 탈라치면 소년이 대는 버스 카드에서 삑, 하는 소리와 함께 "청소년입니다" 하는 소리가 몽둥이처럼 그녀를 둔탁하게 타격했다. 그 기계음은 단지 "청소년입니다"가 아니라 "청소년입니다, 야 이 미친년아!" 이렇게 들리곤 했다. 그래서 그녀는 소년들에게 왠지 몹시 미안했고 끊임없이 죄의식을 가졌기 때문에 그들이 한창 자랄 나이에 걸신들린 듯이 먹어댈 때의 비용을 이 악물고 감당했다. 그러거나 말거나 소년들은 참 잘 먹고 잘 마셨다. 물론 생명은 먹어야 유지되고 그녀가 그토록 이끌렸던 생명력 역시 잘 먹는 아이일수록 강한 법. 그것이 그녀가 생생한 삶의 풋내를 느끼기 위해 치러야 할 대가였다. 하지만 어떤 아이는 한 번 고깃집에 들어가면 삼겹살 15인분을 먹어 치운 적도 있었고 결국 그녀는 고심 끝에 언제나 닭갈비나 즉석떡볶이처럼 꼭 나중에 밥을 볶아 먹을 수 있는 메뉴로 은근슬쩍 그들을 교묘하게 유도했다. 그래야 요만큼이라도 비용이 적게 나왔다. 그것도 항상 불판이 차고 넘치도록 서너 공기는 볶아야 했지만, 그 정도야 다 어쩔 수 없는 일이었다.

시일이 지날수록 처음에는 겸연쩍어하기도 하고 미안해하기도 하던 소년들은 점차 엄마가 해주는 밥에 특별히 감사해하지 않듯 무감각해졌고, 자신이 경제력이 생기는 어른이 되면 나중에 얼마든지 그녀에게 도로 갚아줄 수 있는 것들 중에서 그저 아주 잠깐, 그것도 극히 소액을 가불하는 것일 뿐이라는 식으로 말하기 시작했고 일단 그 말을 자기 스스로가 매우 철저하게 믿었기 때문에 그 확신에 따라 아주 당당하게 행동하기 시작했다.

그녀는 경제력이 생기는 어른이 되는 일도 녀석들의 생각보다 꽤나 힘들고 오래 걸릴 뿐 아니라 귀찮고 하기 싫은 일이 도처에 깔려 있는 과정이며 아무런 보장도 없는 약속을 하는 입장에서 그렇게 당당한 건 당당한 게 아니라 뻔뻔한 거라는 사실을 잘 알고 있었지만 그녀가 그토록 끌렸던 그 풋내 나는 생명력 때문에 그들은, 어차피 그 말을 들어먹을 능력이 없었다는 것을 알았기 때문에 그냥 입 닥치고 있었다. 그것이 그녀가 할 수 있는 전부였다.

단지 먹여주기만 하는 것으로 되었더라면, 뺨에 난 솜털이 떨리면서 좋아한다고 고백하고, 손을 잡는 것만으로 감전되듯 화들짝 놀라는 시간이 지나가고 나면 어쩔 수 없는 수컷의 시간이 왔다. 특별히 남에게 말하지 않아서 그렇지 사실 한 집 건너 강간이나 성추행 피해자가 존재하는 한국 여성답게 그녀는 섹스를 그리 좋아하지 않았고, 오히려 될 수 있으면 피하고 싶어하는 축이었다. 그러나 '친구 집에 놀러갔더니 친구는 없고 친구 누나가 자고 있었는데……' 하는 식의 고전적인 화장실 낙서처럼 어떤 소년들에게 누나와의 섹스는 발기가 시작되면서부터 오랫동안 꿈꿔왔던 그 무엇이었던 모양이었다. 하필 그녀는 상자처럼 작고 좁지만 문을 닫고 잠글 수 있는 자취방에서 살고 있었기 때문에 더욱 궁지에 몰렸고 급기야 나중에는 '청소년 보호법이라는 것도 있다, 나는 철창신세 지기 싫다, 우리 그냥 서로 좋아하기만 하는 걸로는 안 되겠니' 하고 거의 애원하는 지경에 이르렀지만 소년은 한 마디로 그녀의 말을 묵살했다.

"누나, 그거는 내가 고발해야 누나가 잡혀가. 내가 입만 다물고 있으면 아무 일 없어."

말문이 딱 막힌 그녀에게 소년은 더욱 열정적으로 자신의 욕망의 당위를 설파하기 시작했다. 물론 그것들은 죄다 횡설수설이었고, 그냥 '나는 하고 싶다!'의 반복일 뿐이었으며 그녀 역시 그리 많은 나이가 아니었으므로 연령 고하를 막론하고 남자들이 한번 달라고 요구할 때 잘 써먹는 '나를 사랑한다면서!'라는 그 주문에서 자신을 지켜낼 방도가 없었다.

애걸하기도 하고 복걸하기도 하고 협박하기도 하고 토라지기도 하고 분노하기도 하는, 그토록 간절한 소년들의 환상을 채워줄 만큼 섹시한 몸매나 노련한 테크닉 따위 아무것도 지니고 있는 바 없었지만 그녀가 딱 한 가지 할 수 있는 게 있었는데 그건 그냥 참는 거였다. 가만히 있으면 금방 끝나겠지. 사실이 그랬다. 그리고 그 생활이 일주일에 한 번은 계속되었다. 그녀는 밥만 먹고 헤어져야 한다는 냄새를 열심히 풍겼지만 워낙 그런 연기에 익숙하지 않은 그 어색함에는 누구도 속지 않았으므로 다른 핑계를 대기 시작했다.

"아이고, 이걸 어쩌나, 콘돔이 없네!"

물론 그 정도 성교육은 아이도 어디선가 배워서 다 알고 있는 것들이었다. 그래도 "애라도 생기면 어쩌려고 그러니, 너랑 나랑 다 인생 종치는 거다……" 하며 그녀는 섹스를 피해가려 했지만 언제나 그녀를 곤란하게 하던 그 방식은 이번에도 여지없이 재현되었다. "누나는 나를 사랑하지 않는 거지!" 하고 버럭 화를 내다가 "누나, 누나아…… 나 진짜 하고 싶단 말이야아……"의 무한한 반복. 결국 지겨워서 그녀는 약국에 가야 했다. 약국에 가는 것도 콘돔 값으로 나가는 비용도 모두 그녀의 몫인 건 당연지사. 그래도 그때까지는 참을 만했다. 아니, 그런 줄로 알았고 그렇게 믿으려고 온 힘을 다했다. 어느 주말, 그녀가 병이 나서 열이 40도까지 치솟았던 그날까지는.

그들의 집은 넉넉잡아 가끔은 두 시간까지도 걸리도록 떨어져 있었기 때문에 주말에만 만날 수 있었고, 소년은 그날도 어김없이 그녀의 자취방에 '들렀다' 가고 싶다고 주장했다. 그녀는 그가 '들렀다' 가는 것이 과연 어디에 '들렀다' 가겠다는 의미인지 너무도 잘 알고 있었으므로 그러지 않았으면 좋겠다고, 오늘은 정말 못 하겠다고 말했지만 소년은 늘 하던 대로 불같은 분노와 처량한 애원을 무한히 반복했다.

"진짜, 진짜, 하고 싶단 말이야…… 누나 나 좋아한다며……
누난 너무 이기적이야."

이기적이라. 열도 올라 있었고, 정신도 몽롱했고, 결국 지쳐
버린 그녀는 "네 맘대로 하라"고 말해버렸다. 그렇다고 해서 정
말로 할 거라고는 생각지 않았지만 그 애는 정말로 했다. 성급
함과 서투름이 지나쳤기 때문에 그 섹스는 강간처럼 거칠었고
그날의 섹스는 그 이전과 그 이후를 통틀어 그녀가 경험했던 섹
스 중 가장 서글펐으며 또 격한 이물감을 느낀 것이었지만, 다
만 그녀는 그때 많이 아팠고 어린 연인에게 이기적이라는 말을
들으면 죄책감을 느꼈고 그저 그 모든 것을 다 참아내는 것이
사랑인 줄로만 알았던 천치 같은 여자 애일 뿐이었다. 그렇게
'들렀다'가, 아이는 그 방을 떠났다. 그녀는 이틀 후까지 혼자
앓았다. 그리고 얼마 후, 그 아이의 딱 두 배 만큼 나이를 먹은
남자를 사귀기 시작했고 그렇게 소년을 차버렸다. 전화로 이별
을 통보했을 때 아이는 두 번째로 말했다.

"누나는, 진짜, 진짜, 이기적이야."
그리고 한 마디를 덧붙였다.
"어차피 남자 없이는 못 사는 주제에."

그녀는 기가 막혔지만 무슨 말을 듣든 그저 그 전화 그리고
그 관계를 끊는 것만이 그 당시의 가장 큰 관심사였기 때문에
'그래 그래, 네 말이 다 맞다' 하는 식으로 어떤 대꾸도 하지 않

았고 시간이 꽤 오래 지난 다음에야 알게 되었다. 사람은 누구나 자기가 보고 싶은 것만을 보고, 기억하고 싶은 것만을 기억한다는 사실을. 그리고 그 작고 어두운 방을 회상했다. '아아, 그때는 얼마나 살고 싶어했던가' 하고. '그 꼴을 다 참아낼 만큼 나는 그 생기를 얼마나 좋아했던가' 하고.

그녀 역시 오빠들을 털어먹은 적이 없는 건 아니었지만 세상에 절대로 공짜는 없었다. 오빠들한테 그녀가 뜯어먹었던 비용은 그 마라푼다 같은 소년들을 먹이고 마시우는 데 고스란히 쓰였고, 세상에는 그런 식의 순환을 겪지 않고 마음과 지갑을 고요히 지키면서 살아가는 아가씨들도 있다는 것을 그녀도 모르는 바는 아니었지만 그렇다고 그렇게까지 억울하지는 않았다. 왜냐하면 어차피 세상이 그런 거고, 연애가 그런 거니까.

한때 누나들의 주머니를 사정없이 뜯어먹었던 소년들은 점차 나이를 먹어가면서 푸릇푸릇한 생명력을 뽐내는 소녀들에게 반하게 될 것이고, 그 소녀들을 먹이고 마시우고 그 변덕스러운 마음을 사로잡을 예쁜 것들을 제공하기 위해 주머니를 털게 될 것이고, 그 소녀들도 영원히 소녀로 남아 화수분처럼 오빠들의 지갑을 링거 맞듯 하면서 살아갈 수 있는 것도 아니고 그중에 또 어떤 소녀들은 어른이 되고 나서 푸릇푸릇한 생명의 기운에 끌려 어떤 오빠들이 그녀들에게 그랬던 것처럼 또 다른 소년들을 먹이고 그들은 또 그걸 먹고 마시고 자라나고, 그렇게 자라난 소년들은 다른 소녀들을 먹이고 입히고…… 세상이 원래 그렇게 돌고 돌고 도는 거니까. 그게 생명의 본능이니까.

　그러므로 그녀는 자신이 그들에게 특별히 무언가를 해주었다고도, 그리고 딱히 억울하다고도 생각하지는 않았다. 그러나 열이 40도까지 치솟았던 그날, 자신이 그토록 갈구했던 젊은 기운, 젊음이라는 것은 곧 자기 욕망에 가식 없이 솔직하다는 것. 그리고 그 가식 없음이 너무 날것이기 때문에 때로 사람에게 면도날처럼 깊은 상처를 입힐 수도 있다는 것을, 그녀가 그토록 사랑스럽게 생각했던 저돌적이고 가식 없고 앞뒤 생각하지 않는 방식으로 제 욕심을 발산하고 그녀를 그대로 남겨둔 채 뒤도 안 돌아보고 그 방을 떠났을 때에야 비로소 알게 되었던 것이다. 왜 어른들이 젊음을 뜨겁다고 말하는지를. 그건 자칫 그 빛에 매혹되어 꽉 움켜쥐었다가는 손이 델 수도 있기 때문이라는 것을. 그리고 그 불은 자기 온도를 전혀 알지 못한다는 것을.

7. 주정뱅이의 연애편력

그녀는 한 마디로, 알코올 중독자였다.

아홉 시부터 여섯 시까지 일하던 직장인 시절, 다섯 시 반만 되면 손이 덜덜 떨리기 시작할 정도로 알코올 중독자였다. 그러나 칼럼니스트 캐롤라인 냅이 저서『술, 전쟁 같은 사랑의 기록 drinking, a love story』에서 제 할 일 척척 잘 해내는 알코올중독자들에 대해 적확하게 기술했듯 그녀 역시 일상생활의 일들이나 제가 맡은 일들은 그럭저럭 잘 해낼 수 있는 수준이었으므로 주변 사람들에게 알코올 중독자로 취급받거나 하는 일은 일어나지 않았다. 적당한 거리를 유지하고 있던 주위 사람들에게 그녀는 그저 술을 좀 좋아하고, 술자리가 있으면 유난히 활기 있어지고, 그러다가 가끔 술자리의 농담거리가 되는 취중의 실수를 저지르는 그런 좀 주책맞은 여자 정도로 인식되고 있었지만,

그녀 스스로는 자신이 주정뱅이 그 자체라는 것을 뼛속까지 철저하게 알고 있었다.

　부모님과 살고 있지 않았기 때문에 가족들은 그녀가 도대체 얼마나 마시는지 알지 못했고, 회사 사람들은 퇴근 후 맥주 한 잔 하고 기분 좋게 집에 돌아간 이후의 그녀에 대해 몰랐을 뿐 아니라 당연히 관심도 없었다. 그녀가 얼마나 마시는지 알고 있었던 사람은 몇 사람에 불과했는데 그중 한 명은 집 앞 구멍가게를 지키고 있는 할머니로 늘 '내가 돈만 아니면 이 짓 안 하는데'라고 써 있는 듯한 못마땅한 얼굴로 언제나 그녀에게 별 수 없다는 듯 술을 팔았고, 그녀는 할머니의 얼굴에 비치는 명명백백한 경멸감을 다 알면서도 술을 사지 않고는 못 배겼다. 주말이나 공휴일, 아침 잠 없는 노인 특유의 습관으로 일찌감치 문이 열린 가게에 부석부석 부어오른 얼굴로 그녀가 들어서서 생수 한 병과 그 몇 배쯤 되는 술을 살 때 할머니의 얼굴에 떠오른 경멸감은 몇 배로 농도가 짙어졌지만 술을 마실 수만 있다면 그녀에게 그따위 것들은 아무 상관도 없었다. 이유는, 다시 한 번, 그녀는 완벽한 주정뱅이였으니까.

　그러다 출출해지면 배를 채우러 터덜터덜 언덕길을 내려갔다. 그럴 때도 완전히 맨정신일 때는 거의 없었다. 흔들흔들하는 걸음으로 그녀는 쓸데없는 것들, 지나가버린 것들, 다시 오지 않을 것들을 생각했다. 그럴 때 누군가를 부르는 일은 없었다. 토요일 오전 열한 시부터 순대국밥에 막걸리를 한 병 시켜

놓고 책 한 권이 있기만 하면 더 바랄 것이 없었다. 물론 대낮부터 그러고 있는 아가씨는 사람들이 힐끔힐끔 돌아볼 정도로 기묘한 존재였지만 그따위 건 아무 상관도 없었다. 다시 한 번, 그녀는 완벽한 주정뱅이였으므로.

그러나 그녀도 가끔 자기 자신이 걱정이 되지 않는 것은 아니었다. 오래전에 병으로 죽은 그녀의 조모와 나이가 같았던 순대국집의 할머니는 그녀가 어느 날 막걸리에 잔뜩 취해 "할머니, 전 정말 너무 많이 마시는 것 같아요" 하고 말하자 아무 말 하지 않고 물끄러미 그녀를 바라보다가 손등을 토닥거렸다. 그리고 말했다.

"아가, 들어갈 때 실컷 마셔라. 안 들어갈 날이 올 게야……."

사십 년 동안 수많은 사람들에게 몇 천 리터는 될 술을 팔아온 할머니는 주정뱅이, 알코올 중독자, 그런 인간과 술의 지긋지긋한 관계에 대해 잘 알고 있었던 거였다. 술과 주정뱅이 사이에는 어떤 존재도 필요하지 않다는 것을. 그것은 열애와 완전히 같다. 모든 연인들에게 그러하듯, 세상은 그저 그들을 위해 존재하고 그들은 서로 이외의 누구도 필요로 하지 않는다. '세상아 망해라' 하면서 그저 둘만 있으면 되는 것이다. 주말이면 꼭 붙어 있는 연인들처럼 그녀는 그렇게 쉬는 날만 되면 눈을 뜨자마자 맥주를 들이켜는 걸로 시작해서, 오랜만에 하루 종일 같이 있을 수 있는 날 죽어라 옷을 벗은 채 맨살을 서로 떼지 않는 연인들처럼 술병을 꼭 쥔 채 놓지 않았다.

"나는 술은 싫지만 술자리는 좋아" 하고 말하는 사람들을 보면 그녀는 언제나 속으로 '얼씨구' 하고 비웃었다. 최소한의 인간관계라도 유지하기 위해 입 밖에 낸 적이야 없었지만 그런 인간들이야말로 그녀가 가장 싫어하는 종류의 인간들이었다. 술을 잘 마시지 못하지만 술을 정말 좋아하긴 해요, 하는 말을 들을 때도 그녀는 코웃음을 쳤다. 가끔 그녀의 의견을 듣고 싶어 하는 사람이 있을 때면 망설이지 않고 대답해주었다.

"그건 말이죠, 당신은 그냥 충분히 술을 좋아하지 않을 뿐이에요."

그들은 언제나 항변했다.

"아니 저는 정말 더 마시고 싶어요, 그렇지만 몸이 안 받아주는 걸 어떡해요? 저는 정말 술을 좋아한다니깐요!"

그러면 그녀는 미소 지은 후 언제나 같은 대답을 했다.

"그러니까, 하나를 택해야 하는 거죠. 술이에요, 몸이에요? 당신은 몸을 택했잖아. 말했잖아요, 그러니까 당신은 술을 충분히 좋아하지 않는 거라니까."

물론 그녀가 택한 것은 언제나 술이었다. 그녀가 진정으로 사랑한 것은 술이었으므로. 물론 그렇게 술에 사로잡히지 않은 채 깔끔하고 매끈한 삶을 영위하는 사람들은 종종 추한 짓을 저지르는 그녀를 경멸했고 뭐든 적당한 걸 싫어하는 그녀는 그들을 경멸했고 그렇게 몰이해와 경멸이 오가건 말건 그녀는 아무 상관도 없었다, 다만 술만 마실 수 있다면.

그렇게 술을 마시면서도 그녀는 주위 사람이 희한하게 여길

만큼 언제나 연애를 하고 있었다. 연인이 없었던 날은 몇 년 동안 손가락으로 꼽을 정도의 날들에 불과했다. 그리고 그 연애들은 짧으면 한 달, 길어봤자 몇 달이 지나기 전에 끝났다. 어쨌든 그것들은 끊임없이 이어졌다. 사실, 그녀가 그렇게 주위를 놀래킬 만큼 끝없이 연애를 할 수 있었던 것은 그녀가 특별히 매력적인 구석이 있기 때문이라든가, 남자의 마음을 끌 만큼 예쁘게 생겼다든가, 성격이 꽤나 좋은 구석이 있다든가 하는 긍정적인 이유 때문이 아니라 완벽한 주정뱅이였다는 사실에 그 원인이 존재했다. 그녀는 주정뱅이였으므로 그토록 많은 연애를 할 수 있었고, 주정뱅이였으므로 결코 그 연애들을 지속적으로 유지하지 못했고, 주정뱅이였으므로 변함없이 파국을 맞았다.

그녀가 그토록 술을 사랑했던 이유는 그것이 자신에게 야단하지 않고 언제나 자신과 있어주는 단 하나의 존재이기 때문이었다. 술을 마시면 그녀는 좀 누그러졌고, 자신의 여러 가지 역겨운 면들을 좀 용서도 할 수 있고 참아줄 수도 있었다. 이렇게 스스로에게 너그러워지듯 남에게도 너그러워졌고, 덩달아 눈도 낮아졌다. 영리하고 똑똑한 여자들이 요모조모 따져보고 현명하게 연애하는 과정은 몽롱해진 머리와 빨리 뛰는 심장에 끼어들 틈이 없었고 주정뱅이들이 세상 모든 사람에게 취하기만 하면 바보처럼 헤헤 웃어주고 아무하고나 쉽게 어깨동무하고 등짝을 툭툭 두드려주는 것과 똑같이, 그녀는 충동적으로 아무하고나 연애할 수 있었다. 술을 마시면 자신에게 너그러워졌기 때문에 자신의 매력에도 평소 생각하는 것보다 관대해질 수 있었고, 따라서 평소보다 매력적으로 구는 것이 가능했다. 그녀는 술을 너무나 사랑했으므로 누구와 마시건 일단 술을 마시고 있는 그 순간이 열렬히 좋았기 때문에 평소 일에 지쳐 딱딱하게 굳어져 있는 눈매를 유순하게 풀어 눈초리가 살짝 올라가게 눈웃음칠 수도 있었고, 그 강렬한 행복감은 전염성이 강해 쉽사리 함께 술을 마시고 있는 남자에게 전염되었다. 인간은 누구나 행복해 보이는 인간에게 끌리게 마련이므로 그녀는 마음먹으면 쉽사리 마주 앉아 잔을 마주치는 남자와 연애할 수 있었고 그 남자가 연애를 청해도 너그러워진 김에 웬만하면 응해주었다. 그렇게, 술이 없이 연애가 성립된 적은 단 한 번도 없었다. 그러다가 맨정신이 돌아오고 이 인간이 별것도 아닌 인간이라는 걸 잊기 위해서는 또 술이 필요했다.

처음에는 그녀가 술을 좋아하는 활발한 여자라고 생각했던 상대는 이내 마시고 또 마시는 그녀에게 진저리를 치기 시작했다.

"도대체 왜 그렇게 술을 마시는 거야?"

그들은 하나같이 물었지만, 그녀가 대답할 수 있는 말은 딱히 없었다. 답은 딱 하나. 그냥 그녀는 완벽한 주정뱅이였으니까.

정상적인 인간이라면 이런 인간의 실체를 알고 나서 도망치게 마련이었고, 그러므로 연애는 종종 쉽게 끝났지만 그녀는 그다지 상처받지 않았다. 이미 그녀에게는 다른 연인이 있었으므로. 그러니까 그 연애들이 유지될 수 없었던 것은, 사실 그것이 삼각관계였기 때문이었다.

남자들은 그녀와 자신이 연애하고 있다고 생각했지만 사실은 밀실에 은폐된 연인이 하나 더 존재했다. 그와 그녀 그리고 알코올. 연애가 그토록 짧게 끝난 이유도 단지 남자들이 그녀에게 진저리를 냈기 때문만이 아니라, 종종 그들이 술이라는 애인과 단둘이 호젓하게 보내고 싶어하는 그녀의 간절한 욕망을 훼방하는 존재였기 때문이다. 새로운 사람을 만난다는 흥분, 그리고 술을 마신다는 행복, 그런 것들도 일정 시간이 지나면 새로울 것 없이 휘발되었다. 바람을 피우다가 끝내 충실한 본처에게 돌아가듯이 그녀는 늘 같은 사람과 하는 신선할 것 없는 술자리에 이내 흥미가 떨어졌고 관성처럼 책 한 권 들고 하루 종일 술에 절어 있는 생활로 기어들어 갔으며, 같이 마셔준다면 그 남자를 좀 참아줄 수도 있었지만 그따위 인생을 참아줄 만한 인내심을 가진 남자는 없었다. 그들은 종종 근심했고 그 근심을 입 밖에 내어 말했다.

"너, 그렇게 살면 안 돼. 술 마시면 안 돼, 마시지 마."

그녀는 생각했다.

'시끄러워.'

그러면 그들은 끝내 말했다.

"술이야, 나야, 선택해"

당연히 그녀는 언제나 술을 선택했다.

가끔은 비웃었다. '얼씨구, 내가 술 말고 너를 고를 줄 알았어?' 그것은 일종의 의리였다. 가장 오래된 연인을 배신할 수는 없었다. 아플 때나 슬플 때나 기쁠 때나 미칠 때나 늘 함께 했던 연인, 돈이 없을 때나 있을 때나 일이 있을 때나 없을 때나 그녀가 뚱뚱할 때나 말랐을 때나 못났을 때나 예뻤을 때나 언제나 태도가 변함없었던 단 하나의 연인. 이것이 완벽한 알코올 중독자의 광기 어린, 또한 고요한 열애. 애인이 있어도 슬프고 열받는 날 먼저 찾게 되는 것은 그 남자의 단축번호가 지정된 휴대폰이 아니라 익숙하게 매끈하고 차가운 감촉으로 손을 감싸주는 술병의 촉감. 쥐고 있지 않아도 그 감촉을 언제나 완벽하게 기억해낼 수 있는 그녀는 스스로에게 묻는다. '이까짓 것도 사랑인가' 하고.

하지만 묻지 않아도 알고 있다. 이것도 사랑이고,
이 한심스러운 사랑이 언젠가 자신을 죽일 거라는 사실을.

그래도 부모와 친구와 연인으로부터 그토록 많은 충고와 비난과 근심의 말을 들으면서도, 그녀는 그들에게 딱히 뭐라고 만족할 만한 답을 주지 못한다. 물론 이 사랑은 그녀를 조금씩 죽이고 있고 언젠가 완전하게 죽이겠지만 연애가 시작되고 종말을 맞은 그 모든 것이 술 덕택이듯 그녀를 지금까지 살려놓은 것 역시 술이라는 사실을, 그것만은 어떤 연인도 해주지 못했던 일이라는 것을, 아무도 모른다. 단지 그녀와, 고요하게 찰랑대는 술만이 알고 있다.
오직 술만이 그녀에 대한 모든 것을 알고 있다.

8. 헤픈 여자는 절대로 행복하면 안 된다?

권상우와 손태영의 결혼 발표는 잠시 동안이나마 사람들을 시끄럽게 했다.

이것은 평범한 톱스타 간의 결합이 아니었다. 물론 손태영의 스타성은 권상우의 스타성에 비하면 누가 봐도 한참 뒤떨어지기는 하지만, 이것은 전혀 이 사건의 핵심이 아니다. 이십 대 후반의 나이에, 두서너 명의 연애 경험이 없는 사람은 드물다. 인정할 수밖에 없지만 남자와 여자는 섹스에 대한 요구가 다르므로, 연애에 대한 욕망 역시 조금 다르다.

첫 번째 '사랑에 빠진 사람과 영원히 함께하고 싶다'는 꿈은 남자보다 여자가 훨씬 강렬하게 품고 있는 소망이게 마련이다. 손태영 역시 여자인 만큼 연인을 신나게 갈아치워 사람들의 입

넌 행복하면 안 돼!
다 고친 거래
역시 헤픈 여자는 달라.

에 오르고 싶은 마음은 전혀 없었겠으나 연예인이라는 직업을 가진 죄로 그녀의 연애는 조금이라도 스타들의 가십에 관심이 있는 사람이라면 모두 알고 있다. 한참 나이가 많은 주영훈부터 시작해서 겹치는 시기, 혹은 양다리를 걸쳤다 하여 추문의 원인이 되고 만 신현준, 그리고 나이가 비슷한 쿨케이를 지나 드디어 나이 차이도 적절하고 재력과 매력을 완벽히 갖춘 권상우라는 종착역에 이른다.

손태영과 권상우의 결합에 어떤 이들이 천인공노하는 이유는 바로 그것이다. 팜파탈, 혹은 헤픈 여자는 절대로 행복해져서는 안 된다. 사회적으로 팜파탈, 혹은 걸레에게 주어져야 하는 마땅한 결말이자 처벌은 바로 파멸이다. 사람들은 팜파탈 혹은 헤픈 여자가 누구의 사랑도 받지 못하고 쓸쓸하게 시들기를 기대한다. 그것만이 연애를 제대로 해보지 못한, 혹은 인기 없는 여자를 위로할 수 있는 유일한 방법이기 때문이다. 마찬가지로 팜파탈에게 버림받은 남자를 위로할 수 있는 유일한 방법도 바로 이거다.

'괜찮아, 저 계집애가 잘나가는 것도 지금뿐이야. 괜찮아, 나를 선택하지 않고 다른 남자를 택한 즉, 헤픈 여자는 파멸할 테니까.'

그러나 손태영은 이 모든 공식을 완벽하게 배반하고, 차근차근 공식을 밟아가 최고의 남자를 차지함으로써 공분을 산다. 만약 그녀가 권상우와 첫 번째 연애를 시작해 주영훈과 결혼했더라면 사람들은 이렇게 분노하지 않았을 것이다. 이 체계적인 업그레이드를 보는 여자들은, 어쩔 수 없이 질투와 분노를 느낀다. 미스코리아 출신답게 그녀는 누가 봐도 아름답고 매력적이며 훌륭한 몸매를 지닌 경쟁력 있는 여성이지만, 그것을 깨끗하게 인정하는 것보다는 음험한 상상력을 충동질해서 '흥, 남자 홀리는 데 뭐가 있나 보지' 하고 말하는 것이 훨씬 편리하며 비열한 즐거움을 제공한다. 남자들 역시 이렇게 말하는데, 그것은 손태영이 그들의 가장 끔찍한 악몽을 몸소 구현하기 때문이다. 나와 헤어진 여자가 나보다 훨씬 더 잘생기고 몸매도 좋고 돈도 잘 벌고 인기도 좋은, 이를테면 권상우 같은 남자와 결혼하게 된다면 자다가도 벌떡 일어날 일일 테다. 여자들의 경우에 문제는 훨씬 더 예민해진다.

아직까지 일반적인 상식으로, 남자들은 나이를 먹으면서 연륜과 재력이 생겨 서른 살이 넘어도 충분히 어리고 예쁜 여자를 만날 수 있다지만 여자의 경우는 조금 다르다. 여자의 나이는 서른 살이 넘자마자 25일이 지나면 헐값으로 떨어진다는 크리스마스 케이크 취급을 받고, 그래서 괜찮은 놈 있으면 일찌감치 대학 때 점찍어놓으라는 어른들의 충고는 2000년대가 저물어가는 지금까지도 짜증스럽게 유효하다. 더군다나 최근 들어 남자 A클래스는 얼마든지 여자 A클래스를 골라잡을 수 있다지만, 소위 골드미스라 불리는 어리지 않은 여자 A클래스는 찾는 층이 없다는 식의 이야기는 절대 진리처럼 만연해 있다. 이른바, 남자는 자기보다 조금 못한 여자를 골라잡게 마련이므로 남자

A클래스는 여자 B클래스를 택하고, 남자 B클래스는 여자 C클래스를 택하며 그리하여 여자 A클래스는 누구의 간택도 받지 못한 채 홀로 남거나 팔리지 않는 떨이 상품처럼 남은 남자 D클래스와 어울리기나 해야 한다는 바로 그 이야기 말이다. 하물며 재력에 학력에 미모까지 갖췄다는 골드미스가 그럴진대 황동미스, 구리미스, 스테인리스 미스들은 어쩌면 좋단 말인가.

그러나 손태영은 이것을 해냈다. 연예인치고는 그리 뛰어나지 않은 미모, 아주 어리지도 않은 나이, 남다를 것 없는 인기, 특별할 것 없는 연기력, 그럼에도 결정적으로 그녀는 권상우를 잡아냈다. '예쁘고 매력적이어서 그런가 보네' 하고 인정하기보다는 '원래 헤픈 여자는 달라' 하고 말하는 것이 몇 배 간편하다. 결국 손태영이 자극한 것은 우리 안의 초조함인 것이다. 그러니 여자들이 미워하는 것은 손태영이 아니라 자기 자신이다. 마구 갈아치울 용기도 없고, 그럴 능력도 없고, 주영훈으로 시작해서 권상우로 게임을 끝낼 미모도 매력도 없는 자신.
그러나, 물론 이것을 인정하는 것보다는 손태영이 헤프다고 말하는 것이 훨씬 간편하다.
그러나 그러나, 정말 부끄러운 일이다.

2부

사랑 중독자여,
누구의 연인도
되지 말아요!

험한 세상에서 마음 약한 아가씨들이 명심해야 할 것은,

내가 나를 무시하면 다른 사람들은 아주 대놓고 밟는다는 것이다.

무서운 세상이다.

어떤 일이 있어도 '나는 내가 싫어 죽겠어, 너무나 한심해'

이런 생각만은 해서는 안 된다.

초고속으로 남자의 밥이 되는 방법은 스스로를 싫어하는 것이다.

1. 사랑 호르몬, PEA 중독자의 여정

나는 아직 그렇게까지 많은 나이는 아니지만 실로 착실하게 나이를 먹고 있다.

앞으로도 그럴 것이다. 이토록 착실하게 늘어가는 나이만큼이나 견고하게 쌓여가는 것은 그간 비운 술잔과 추억과 세월이다. 이 세 가지에는, 심수봉의 노래를 섞으면 완벽하다.

얼굴도 아니, 멋도 아니아니 부드러운 사랑만이 필요했어요. 지나간 세월 모두 잊어버리게 당신 없이 아무것도 이젠 할 수 없어 사랑밖엔 난 몰라. 커다란 어깨에 기대고 싶은 꿈을 당신은 깨지 말아요. 서러운 세월만큼 안아주세요, 사랑밖엔 난 몰라.

누가 뭐래도 그 사람 없이 뭐든지 할 수 있는 독립적인 여자

건만 사랑밖엔 난 모른다고 흥얼대며 가슴이 절절해지는 나는, 나의 사회적 자아를 철저히 배반한다.

그렇다. 사랑밖에 난 몰라, 라고 말하는 나는 정키다.

이름하야 페닐에틸아민 정키. PEA(phenylethylamine junky)

사랑에 빠졌을 때 만들어지는 신경전달물질인 페닐에틸아민이 분비되면 중추신경을 자극하는 천연각성제 노릇을 하여 이성으로 제어하기 힘든 열정이 분출되고 행복감을 느낀다. 그러나 이 꿈같이 행복한 격정이 지속된다면 일상생활 자체가 불가능하므로 인체는 자구책으로 페닐에틸아민에 항체를 만들어낸다고 한다. 그러나 격정에 푹 빠져 이 감정 없이 살아갈 수 없도록 중독된 인간들은 이 한계에 도전한다는 것이다. 그 방식은, PEA가 지속되는 동안만 그 사람을 사랑하는 것으로 나타난다. 따라서 PEA가 소멸되고 나면 사랑도 끝난다. 그리하여, 과연 그토록 격렬했던 나의 열애사는 그저 PEA의 농간에 놀아난 중독자의 여정일 뿐인가.

사랑 많이 했다. 나이를 먹어갈수록 사랑을 더 많이 했는데, 그건 모르던 걸 알게 되었기 때문이다. 사는 건 그냥 사는 게 아니고 버티고 견뎌내는 게 사는 거라고, 길고 장중한 대서사시 같은 게 아니라 이를 악물고 살아낸 오늘, 더러워서 못살겠다고 불평하면서 버텨낸 오늘, 그 구질구질한 시간들이 지겹게 쌓여가는, 그따위 것이 인생이라고. 지겹다고 못해 먹겠다고 안 살 수 있는 그런 게 아닌 거라고. 그래서 나는 살려고 번번이 사랑에 빠졌다. 살기 위해 사랑하는 것처럼 절박한 게 어디 있나. 적어도 결혼하기 위해 사랑하는 것보다는 정직한 일이다. 조건이고 얼굴이고 뭐고 본 적 없이 언제나 아무 대책 없이 사랑에 빠졌다. 그러니 어떤 한심한 인간도 사랑할 수 있었다. 나를 살게만 해준다면, 오늘만 넘기면, 또 내일만 넘기면, 이번 주만 넘기면, 사랑하는 그 사람을 볼 수 있다는 희망. 그 미친 듯한 페닐에틸아민이 나를 간신히 삶에 붙들어놓았다. 그 사람 만나려면 살아야 하고 그 사람 만나서 같이 놀려면 돈이 드니 당연 돈 벌어야 하고, 그 사람한테 예쁘게 보이려면 술도 먹지 말고 좀 예뻐져야겠고 어쨌든 여러 가지로 돈이 드니까 계속 돈 벌려면 나에게 일 시켜주는 사람들한테 잘 해야 하고, 페닐에틸아민이 나를 그나마 사회인으로 만들었다.

나는 나의 과거 연인들을 일일이 기억할 수 없다. 수에 관계없이 사랑이 끝나면 철저히 잊어버렸다. 아무리 간혹 차오르는 회한으로 떠올려보려고 애를 써도 나는 그들을 따로따로 기억할 수가 없다. 그 모든 남자들은 그냥 한 사람인 것만 같다. 페닐에틸아민 정키가 기억하는 것은 사람이 아니다. 페닐에틸아민 정키가 기억하는 것은 오직 사랑뿐이다. 나는 어떤 영화를 보고 어떤 카페에 가고 어떤 술집에 갔는지를 기억할 수는 있지만 도대체 누구와 갔는지는 기억하지 못한다. 그 연인과의 시간이 끝나면 추억들은 용해되어 모두 하나가 되어버리고 나는 내가 사랑한 시간은 기억하지만 누구를 사랑했는지는 기억하지 못하는 무정한 여자다. 그렇다, 변명은 필요 없다. 나는 그토록 쉽게 당신을 잊고 남의 연인이 되는 여자. 그렇지만 지금 이 순간, 당신 옆에 있는 순간에는 철저하게 당신 한 사람만의 것인 여자. 앞날이야 어찌 됐건 지금은 사랑밖엔 모르고 당신밖엔 모르는 여자. 지금만큼은 내일 죽을 것처럼 당신에게 달려가고 싶은 여자. 이것이야말로 우리 페닐에틸아민 정키들의 유일한 변명이자 최고의 고백이다.

2. 나 이런 년이야, 알면서 사귄 거잖아?

한때 나는 내 엉덩이를 아주 좋아했던 남자를 만난 적이 있었다.

그는 말했다.

"애야, '애야'라는 단어는 그의 오랜 말버릇이었다 남자들이 가슴을 좋아한다고 말하는 건 다 착각이란다. 실은 다 엉덩이를 좋아해. 하지만 자기가 엉덩이를 좋아한다는 걸 잊어버리고, 언제나 가슴을 좋아한다고 생각하지. 그러니 그들이 진정으로 좋아하는 것은 엉덩이란다. 그러니까, 쫄지 마렴."

당시는 75B, 현재는 65B의 가슴사이즈를 갖고 있는 나에게 그것은 사실상 엄청난 위로였다. 게다가 가슴이라는 것은 여자에게 노력으로 개선할 수 있는 여지라고 해봤자 고작 바스트업 체조 정도일 뿐, 몇 백에서 몇 천 단위의 돈을 투자할 여유가 있지 않은 이상 획기적인 개선이 불가능한 반면 엉덩이는 그에 비해 개선도, 개악도 쉬웠다. 움직이면 개선되었고, 게으르면 개악되었다. 물론 나는 그를 좋아했기 때문에 당연히 개선 쪽을 택했다. 14층인 그의 오피스텔에 엘리베이터를 이용하지 않고 걸어다니는 것. 당시 내가 영화 시나리오 작가로 일하고 있던 작업실까지 이르는 19층 계단 역시 두 다리로 오르내리는 것만으로 그를 흡족하게 할 만한 탄력은 획득할 수 있었다.

얼마 전 신간이 나왔다며 전화해 주소를 묻던 그에게 그날 밤 문자로 진담 반 농담 반으로 웃기는 이야기를 나눴다. 그건 말 그대로 웃기는 이야기였다. 나는 킬킬거리면서 말했다.

"오빠랑 사귀면서 저는 항상 첩년 된 기분이었어요."

첩년이라니, 말이 이상하지만 정말로 첩년 된 기분이었다. 그렇게 괜찮은 남자가 왜 나와 사귀어줬는지도 모르겠고, 나이도 한참 많은 남자가 왜 나랑 사귀어줬는지도 모르겠다. 물론 그렇다고 해서 그에게 정기적인 애인이나 부인이나 자식이 있는 것도 아니고 서류상 아주 깨끗한 총각이었고 내가 그의 유일한 연인이었음에도 참 이상도 하지, 늘 첩년 된 기분이었다. 퍼스트 없는 세컨드, 장원 없는 은상, 1등 없는 2등, 뭐 그런 기분으로 애인이면서도 첩년 같은 기분을 느끼며 연애했다.

그는 걱정이 많은 남자였기 때문에 그가 인생에서 걱정에 할애하는 시간을 상당량 투자하여 그토록 나를 근심했을 때 나는 그가 진심으로 나를 사랑한다는 걸 느낄 수 있었고 나도 실컷 보답했다고 생각한다. 뭐 그 보답이란 건 결국 그를 멋진 남자라고 죽도록 말 해준 정도에 불과했지만 그건 사실이었기 때문에 보답이라고 말하기도 뭐하다

하지만 나는 어찌나 그 첩년 같은 기분이 싫은지 몰래 그의

책장을 찢기도 하고 남몰래 뭔가를 흐트러뜨려 놓기도 하고 지갑에서 돈 빼놓기도 하고 치사하고 못된 짓을 많이 저질렀지만 결국에 나는 그가 나를 버렸다며 투덜투덜거렸지만 실제로 그를 버렸던 건 나였는지도 모른다는 생각이, 조금 어른이 되고 나서야 들었던 것이다. 그는 예쁘고 네모난 빨간색 휴대폰을 새로 사주었고, 넌지시 "번호를 바꾸지 그러니" 하고 말했지만 사실 그가 바꾸기를 원했던 것은 전화번호가 아니라 내가 그에게 말하지 않았으나 사실 죄다 눈치 채고 있던 남자관계였다는 것을 다 알았으면서도 모른 척한 내가 완전 '쌍년'이었다. 어차피 위악이었다.

I'M ON BIG SALE, BABY, FOREVER.

나 이런 년이야, 알면서 사귄 거잖아? 사랑을 잘 믿지 못하는 여자 애들이 빠지는 함정에 결국 퐁당 빠져서 이렇게 해도 나를 사랑해줄까? 이래도 나는 그를 사랑할까? 하고 결국 연인에게 아빠를 바라는 못된 버릇을 걷어치우지 못한 거였다. 그때 나는 나에게 다가오는 모든 사람을 다 사랑했고 그러므로 아무도 사랑하지 않았다. 하지만, 그 모든 것은 이미 오래전 일이다. 하지만 햇살이 유달리 뜨거운 날이면 피할 수 없이 그의 기억이 난다. 번호 키에 익숙하지 않은 나는 좀처럼 그 번호를 외우지 못했다. 나이가 나보다 한참 많았던 그는 종종 오피스텔 창문 너머 쏟아지는 햇빛 아래 누워 잠이 들었고, 두 살 이후 낮잠을 자는 꼴을 본 적이 없다고 엄마가 증언할 정도로 잠이 없는 나는 몹시, 죽을 것처럼 심심했지만 그의 자는 얼굴은 몹시 찡그린

채라 차마 깨우기 민망했다. 마치 고문 기계에라도 들어가 있는 것처럼, 그의 잠든 얼굴은 온통 찌푸린 채 고통스러워 보였다. 손끝 하나라도 건드리면 그가 깨어날까 봐 두려웠고, 넓지도 좁지도 않은 오피스텔 문밖으로 살그머니 한 발자국 내민 순간 나는 어김없이 그가 몇 번이나 일러준 번호 키의 비밀번호를 잊고 말았다. 주머니에는 지갑도 없고, 아무것도 없었다. 하지만 벨을 울려서 그를 깨울 수는 없었다. 다행히 휴대폰도 있지만, 역시 걸 수 없는 것은 마찬가지였다. 세상에서 제일가는 괴로움을 당하고 있는 듯 한껏 고통스러워하는 얼굴로 잠에 빠진 그를 깨우느니 차라리 14층에서 뛰어내리고 싶을 정도였다. 문을 잡아당겨봤지만 괜한 시도였다. 괜히 달칵달칵 손잡이를 열어보다가 터덜터덜 걸어서 오피스텔 계단을 내려갔다. 아무리 천천히 내려가도, 14층이나 되는 계단은 금세 1층에 도달했다. 아까 오피스텔 창문으로 쏟아지던 햇빛은 한층 더 따갑게 자외선 차단제도 아무것도 바르지 않은 얼굴로 내리쬐었지만, 내게는 피할 곳이 없었다.

신도시의 잘 구획된 거리는 다 똑같아 보였고, 가로수 역시 쌍둥이처럼 똑같이 닮아 있었다. 상가를 기웃거리며 괜히 사지도 않을 옷을 뒤적이고, 별 관심 없는 서점의 신간들을 넘겨보며 나는 하염없이 그가 깨어나기를 기다렸다. 깨어나면 분명히 전화를 걸 테니까, 하고 생각하며 나는 그가 사준 새빨간 정사각형 휴대폰을 몇 번이나 열어보았지만 그의 잠은 삶이 그랬듯이 고단했기 때문에 휴대폰은 조용히 넌 지금 이만큼 헤매고 있어, 하고 시간만을 알려줄 뿐이었다. 갔던 거리를 다시, 그리고 갔던 거리를 또다시. 아무리 생각해봐도 비밀번호는 기억나지 않고, 전화나 인터폰으로 차마 지친 연인을 깨울 수 없었던 시간들. 몇 년이나 지났지만 지금도 햇살이 뜨거운 날에 거리를 걷다 보면, 지친 연인이 언제 깨어날지 몰라 하염없이 거리를 걷기만 하던 그때로 돌아가버리는 기분이 든다. 내가 그때 할 수 있는 일은 휴대폰을 꼭 쥔 채 하염없이 걷는 것뿐이었다. 어쩐지 마음 한구석이 한없이 무기력하고, 어쩔 수 없이 슬펐던, 햇살이 따가웠던 그 한낮. 그 슬픔은 사실 내가 결코 그를 이해할 수 없었기 때문이라는 것을, 내가 알지 못하는 고통과 슬픔을 묵묵히 헤쳐온 그 거리였기 때문이라는 것을, 이제야 조금 알겠지만 그렇다고 해도 지금의 내게도 역시 그 거리를 헤쳐갈 재주는 없다. 내가 할 수 있는 것은 다만 힙업 운동이나 열심히 하는 것뿐이다. 몇 년 후 그는 사무실에 신간을 보내주었다. 참으로 담담한 메시지였다. 내가 그토록 좋아했던 전혀 허세가 없는 특유의 달필.

현진에게. 200×년 가을. ×××.

언제나 개인적인 메시지는 전혀 넣지 않던 그 성격답게, A형 같은 O형답게.

이런 식으로 해서 연애의 모든 것은 종말 후에도, 하나 둘씩 숨을 거두게 마련이다.

그의 새로운 주소가 써 있는 소포 부분은 찢어서 서랍 안에 넣어두었다. 나도 뭔가를 보내주어야 한다면 그때 사용할 생각이었다. 보나마나 영원히 나는 그에게 유치한 종자일 것이기 때문에 틀림없이 내게서 뭘 받든 피식 웃겠지만, 그 필적을 보니 마치 어제 일처럼 떠오르는 그때 그 햇살, 그 햇살.

오로지 지친 연인이 잠에서 깨어나기만을 기다리며 기약 없이 신도시의 미로 같은 거리를 걷고 또 걷던 그날들. 마치 적외선이 심장을 쬐듯 아프다. 아, 아직도 아픈 걸 보니 세월이 이토록 지났는데도 내가 아직 덜 늙었다. 내가 할 수 있는 거라면, 엉덩이를 덜 늙히는 것뿐이다. 언젠가 마주쳤을 때, 그를 실망시킬 수는 없으니까. 나를 사랑하지 않는다 하더라도, 이 세상에 예쁜 엉덩이가 하나라도 더 있다는 것은 그에게 인류애적인 기쁨을 느끼게 해줄 테니까. 이것이 내가 그에게 해줄 수 있는 마지막 보답이다. 마지막 사랑이다. 사랑했다고 결코 말하지 못했던 철딱서니 없는 계집애의 마지막 보답이다.

T를 만난 것은 시부야 역 앞, 벤치였다.

　나는 일본에 도착한 지 갓 한 달 된 유학생이었다. 입국한 지 한 달 만에 G.W. Golden Week 4월 말부터 5월 초까지 있는 일본의 장기 연휴 가 시작되어 아는 사람도, 친구도 없는 나는 무료한 나날을 보내고 있었다. 집에 틀어박혀 있기도 지루하여 매일 저녁 시부야로 훌쩍, 놀러 나갔는데 그 시간의 대부분을 역 앞 벤치에 앉아 휘황찬란한 시부야 역의 풍경을 보는 데 소비했다. 기왕 일본에 온 거 사람들도 사귀고 말도 많이 해야 하는데, G.W. 기간의 외국인은 그야말로 길 잃은 외기러기 신세와 같았다. 나는 며칠간 하릴없이 공부한 일본어를 사용하고 싶은 마음에 옆자리에 앉은 남자에게 시부야에서 출발하는 이노카시라선 井の頭線 막차 시간을 물었다. 바로 그 옆자리에 앉은 남자가 T였다. T는 시부야

의 화려한 젊은이들과는 달리 단정한 양복 차림이었다. 그의 뒤로 건물에서 뿜어져 나오는 네온사인이 후광처럼 빛났다. T는 휴대폰을 검색하여 내게 전철 막차 시간을 알려준 다음 내게 외국인이냐고 물었고, 나는 그렇다고 했다. 내가 한국인이라는 것을 알자 T는 자신의 연구실 동료도 한국인이라며 기뻐했다. T는 일본말 '페코페코'ぺこぺこ, 배고프다는 의미의 유아어와 한국말 '배고파'가 비슷하다며 아마 일본이 한국에서 배워온 말일 거라고 했고, 나는 왠지 그 말에 T에게 친근함을 느꼈다. T는 앞으로도 친구로 지내자며 내 휴대폰 번호를 물었고 우리는 이후 일주일에 한 번 정도 만나는 친구가 되었다.

T는 대학을 졸업하여 프리랜서 일을 세 개나 뛰는 바쁜 사람이었다. 나는 짬을 내어 나와 만나주는 T가 고마웠다. 일본 남자들은 여자를 만날 때 무조건 더치페이를 한다고 들었는데, T는 항상 자기가 돈을 냈다. 일본에서 좀 오래 지낸 한국인 친구가 내게 말했다. 일본 남자가 돈을 항상 낸다면 그건 상대방에게 마음이 있어서 그러는 거라고. 나는 그럴 리가 있냐며 웃어 넘겼지만 함께 PC방을 갔을 때 그녀의 말이 완전 거짓은 아니라는 걸 알게 되었다. PC방에서 T는 내 미니홈피와, 내가 다니던 학교의 홈페이지를 열심히 구경했다. 그러던 중 은근슬쩍 어깨동무하려고 팔을 올렸는데, 차마 내 어깨에 걸치지는 못하고 의자 등받이에 걸쳤다. 나도 점점 T가 좋아졌다. T는 종종 나에게 이런저런 일본어 표현을 가르쳐주었다. '나쓰카시이'なつかしい, 그립다라는 말을 가르쳐줄 때면 '네가 한국으로 돌아가면, 나는 네가 그립다'라고 설명해주었다. 하지만 T와 나는 사정이

너무 달랐다. 나는 시간이 남아돌아 괴로운 유학생이었고 T는 일을 하느라 너무 바쁜 프리랜서였다. 약속이 취소되는 일도 허다했고, 그럴 때마다 나는 크게 낙담했다. 그러던 중 나는 기침이 심한 감기를 앓았다. 나는 아직 유학생 비자를 받지 못한 상태였고, 보험이 없는 상태에서 일본의 병원비는 살인적이었다. 나는 곧 나으려니, 생각해서 약국에서 감기약을 사먹었지만 기침은 점점 심해졌고, 결국 장기로 어학연수 하려던 것을 포기하고 학기가 끝나는 대로 한국에 돌아가기로 결정했다.

하지만 그 사실을 T에게 얘기할 수는 없었다. 나는 기침을 무시하고, T와 함께 일본식 클럽에 가기로 약속을 잡았다. 약속 당일 T는 다리를 절면서 나타났다. 축구 동호회에서 시합을 하다 다리를 삐었다고 했다. 돌아가도 좋다고 했지만, 약속을 한 것이니 함께 있겠다고 했다. 클럽은 우리나라에 비하면 작았고, 외국인이 대부분이었다. 우리들은 일단 자리에 앉아서 술을 마셨다. T는 PC방에서 그랬던 것처럼 어깨동무는 하지 못하고, 의자 등받이 위로 팔을 둘렀다. 나는 모르는 척 그 팔에 몸을 기댔다. T는 다리가 아픈데도 함께 춤추자 했고, 우리들은 외국인에 둘러싸여서 춤을 췄다. 음악이 스윙으로 바뀌고, 모두들 손을 잡기 시작했다. 우리도 손을 잡았다. 클럽에서 나와 전철이 다니는 시간까지 우리는 PC방에 있었다. 세 시간 돈을 지불하고 우리는 지정받은 컴퓨터로 갔다. 일본의 PC방은 우리나라와 달리 컴퓨터가 칸막이로 둘러진 조그마한 공간 안에 있고, 문을 통해 들락날락할 수 있었다. 방바닥에는 푹신한 매트가 깔려서, 여행객이나 밤을 새는 사람들이 쉴 수도 있게 해두었다. 우리는 차가 다니는 시간까지 잠시 눈을 붙이기로 했다. T는 내게 옷을 덮어주고, 자꾸 기침하는 나를 꼭 안아주었다. 나는 잠이 와서 눈이 가물가물한 와중에도 T의 얼굴을 보려고 애썼다. 우리는 곧 잠이 들었다. 세 시간이 다 되어 눈을 떴을 때 T는 이미 깨어 있었다. 내가 나가지 않아도 괜찮냐고 묻자 T가 뭐라고 대답했다. 그러나 내가 모르는 단어가 많이 섞여 있었다. 나는 나갈 채비를 하며 T가 한 말을 통째로 기억 속에 저장시켰다. 우리들은 전철역에서 어색하게 헤어졌다. 이후 나는 T를 한 번 더 만난 뒤 한국으로 돌아왔다. 마지막까지 나는 T에게 한국으로 돌아간다는 말을 할 수 없었다. T와 마지막으로 헤어지는 날, 나는 전철 화장실에 숨어 눈물을 흘렸다. 그리고 돌아왔다. 한국에 와서 나는 열심히 일본어 공부를 해서 자격증을 땄다. 그리고 나는 PC방에서 T가 한 말의 뜻을 알 수 있었다.

"아무 데도 안 가도 돼. 걱정하지 말고 계속 자."

나는 일본어를 공부하다 그립다, 라는 단어를 읽을 때면 T가 생각난다. 아마도 평생 그럴 것이다.

4. 도대체 고양이랑 남자한테 뭘 기대한 거야?

냉장고 박스보다 조금 큰 월셋집, 비가 오는 장마철이면 내내 집안으로 파도처럼 쳐들어오는 하수구의 구정물을 양동이로 퍼내야 했던 왕십리 지하 셋방에서 살 때, 나에게는 애인이 하나 있었다. 남자이긴 했으되 인간은 아니었다. 〈형사 가제트〉에 나오는 악한이 무릎 위에 늘 올리고 있는 고양이보다 훨씬 더 넓적하고 둥그스름한 얼굴을 가진, 아주아주 커다란 수고양이였다. 따뜻한 벌꿀 빛 바탕색에 갈색 호랑이무늬의 그 고양이는 내가 태어나서 본 그 어떤 고양이보다도 컸고, 그 어떤 고양이보다도 붙임성이 있었다.

그때 우리 집에는 같이 사는 룸메이트가 키우고 있던 고양이가 막 가출을 한 지 얼마 안 되었기 때문에 손도 안 댄 캣푸드

한 자루 정도가 멍하니 있는 상태였다. 고양이는 성큼성큼 다가와 창문 밖에서 이쪽을 바라보며 야옹거렸다. 먼젓번 고양이가 남기고 간 캣푸드 한 움큼을 방범창 사이로 내밀자 녀석은 고개를 갸우뚱하며 조금 생각하더니 가뿐히 창살 사이를 통과해 마루로 뛰어내렸고, 주인 없는 캣푸드를 냠냠냠 하고 몇 그릇씩이나 먹어치웠다. 룸메이트는 나보다 훨씬 고양이 다루는 법에 익숙했으므로 좀 씻겨주겠다면서 화장실로 데리고 들어갔고, 잠시 후 아주 말끔해진 그 커다란 수고양이는 이불과 나와 벽에 차례로 몸을 부비며 닦았고, 안아 올려서 아무리 꼭 끌어안아도 "이거 뭐 밥값은 해야지" 하는 표정으로 조금도 싫어하지 않고 앞발을 목에 올려놓은 채 가르랑거리는 소리를 냈고, 나는 턱 밑에서 울리는 고양이의 가르랑 소리에 완전히 매혹되었다.

내려가고 싶을 때도 발톱을 세우지 않고 지그시 어깨를 앞발로 밀며 내려달라고 눈치를 주던 녀석은 집안 이곳저곳을 살피더니 안방에서 가장 따뜻한 곳을 기가 막히게 찾아내어 팔다리를 쭉 뻗고 이내 잠이 들었다. 어이없이, 그러나 조금도 불쾌하지 않게 집을 낯선 고양이에게 점거당한 나는 박스만 한 내 방으로 들어가 하릴없이 일을 했다. 고양이가 누운 곳에서는 규칙적으로 안락한 숨소리가 들려왔다. 곧 철거되는 삼일 고가도로가 지척에 있고, 당시 서울시장이던 MB가 청계천을 온통 파헤치고, 집을 둘러싼 온 동네가 하루 종일 '빠우'buff의 일본식 발음으로 광택 낸다는 의미니 용접이니 하는 것으로 시끄럽던 그 동네에서 쌀 살 돈이 없어서 경동시장까지 터덜터덜 걸어가 보리를 사거나 집에 놀러 왔던 누군가가 놓고 간 김빠진 맥주를 끼니 대신

먹고 지내던 스물두 살의 나는, 그 숨소리를 들으며 신기하게
도, 아주 조금 덜 외로웠다. 나가는 돈을 한 푼이라도 줄이려고
가능한 한 보일러의 온도를 최대한 내려놓고 지냈지만, 어쩐지
집이 조금 따뜻하게 느껴졌다.

　두어 시간 후, 세 그릇 정도의 캣푸드를 먹고 두 그릇 정도의
물을 마시고 두 시간 반 정도 잠을 잔 고양이는 목을 울리며 내
방으로 거리낌 없이 들어왔고, 고양이를 키워본 적이 없는 내가
어색하게 녀석을 안아 올리자 그는 팔이라고 부를 수 있는 게 그에게 있
다면을 내 목에 감고 통통한 얼굴을 내 어깨에 묻었다. 고양이는
크고 무거웠지만 따뜻했다. 그 벌꿀 빛 털색처럼. 그리고 아주
부드러웠다. 마치 좀 묵직한 마시멜로 덩어리를 안고 있는 것
같았다. 조심스레 땅에 내려놓자 녀석은 바닥에 누워 하얀 배를
드러내고 가르랑거리며 이쪽을 쳐다보았다. 쓰다듬어주자 골골
하고 목을 울렸다. 설탕처럼 달콤한 목소리였다. 이후 나는 그
녀석에게 완전히 반해버렸고, 당시에 좋아했던 이종격투기 선
수 일명 '크로캅'의 본명 '미르코 필로보비치'를 살짝 착각하여
'마르코'라는 이름을 붙여주었다. 확실히 녀석은 하이킥에 능
할 것 같은 인상이었다.

　이후로 마르코 군은 종종 우리 집을 방문했다. '요즘은 뜸하
네' 하고 창밖을 바라보고 있으면 '나 기다리고 있었지. 다 알
고 있었어' 하는 듯이 갑자기 나타났다. 마치 사월에 깜짝 놀랐
지, 하는 식으로 내리는 눈처럼. 그는 내가 학교에 가거나 회사
에 출근하는 길에 불쑥 나타나기도 했다. "마르코!" 하고 부르
면 꼭 "야옹" 하고 대답했다.

“잘 있었어?” 하면 “이야~옹”. “밥 잘 먹고 다녔어?” 하면 “냐~웅”. “어딘 다친 데는 없어?” 하면 “냐—앙” 하고 분명히 일일이 그 나름의 내용이 있는 대답을 했다.

우연히 그 모습을 본 친구들은 고양이와 인간이 각자 사용하는 언어는 다르지만 분명히 의사소통을 하고 있다며 배꼽을 잡았다. 거리에서 나를 발견하고 다가올 때의 태도에서도, 그에게는 이를테면 레트 버틀러식의 유들유들한 애티튜드가 있었다. 전혀 서두르지 않는 걸음걸이로 이쪽을 향해 사뿐사뿐 걸어오면서, “이봐 아가씨 오랜만이군, 그동안 내가 없어서 외로워 울진 않았나?”라고 말하고 있다고밖에 생각할 수 없는 말투로 “야아옹?” 하는 식이었다. 그리고 나는 어김없이 그에게 준비했던 먹을 것을 주었다.

그렇지만 마르코는 우리 집에 눌러 살려고는 하지 않았다. 함께 살고 있던 룸메이트도 마르코를 좋아했기 때문에 그가 놀러오면 서투른 나 대신 더러워진 털을 언제나 따뜻한 물로 씻어주었고, 먹을 걸 주었다. 우리 둘 다 적당히 외로웠기 때문에 그를 우리 집에 상주하는 남자로 맞아들이고 싶었지만, 마르코는 고양이답지 않게 자기를 꼭 껴안고 귀찮을 정도로 귀여워하는 건 너그럽게 허락해주면서도, 참으로 고양이답게 그대로 머무르는 것만은 부드럽지만 단호한 태도로 거절했다.

우리 집에 방문해서는 캣푸드를 먹고, 물을 마시고 뜨거운 물로 목욕을 하고 폭신한 곳에서 두어 시간 낮잠을 늘어지게 자고 내가 얼마간 자기를 실컷 귀여워하도록 내버려둔 다음 “자, 이제 그럼 난 슬슬……” 하고 일어나는 식이었다. 그처럼 크고 따뜻하고 푹신푹신하고 붙임성 좋은 고양이는 실로 드물어서 우리는 그를 우리 집 고양이로 만들고 싶어 창문을 살짝 닫아버리면, 전혀 재촉한다거나 신경질을 내지도 않고 아주 너그러운 얼굴을 하고 닫힌 창문 앞에서 굉장히 곤란하다는 듯 "자아, 아가씨. 내가 아무리 좋아도 이렇게까지 하면 굉장히 난처한걸" 하는 식의 목소리로 부드럽게 "냐아~웅" 하고 우는 거였다.

그러면 나는 마치 마흔세 살 정도의 노련한 유부남에게 홀딱 빠져버린 철딱서니 없는 열아홉 살짜리 처녀가 된 것처럼, 무안해하며 창문을 열곤 했다. 그러고 나서 서둘러 곧장 떠나는 법도 없었다. 방범창 너머로 얼굴을 한 번 지그시 쳐다보고는 "그럼 다음에 또" 하는 것처럼 "냐~웅" 하고 울고 난 후 언제나 어둠 속으로 사뿐사뿐 사라졌다. 그가 그렇게 가고 나면 나는 캣푸드 자루를 걷어차며 "젠장! 저 녀석한테 다신 속지 않겠어! 남자 녀석들은 다 제 욕심만 채우고 나면 땡이라니까!" 하고 꽥꽥거렸고 룸메이트는 "넌 도대체 고양이랑 남자한테 뭘 기대한 거야?" 하며 깔깔 웃었다. 맞는 말이었다. 그러나 나는 고양이와 남자에게 매번 속았다.

사정이 바뀌어 이사를 가야 할 날이 왔고, 짐을 빼기 며칠 전, 그동안 뜸했던 마르코가 찾아왔다. 눈에 띄게 야위고 늙은 모습이었다. 유들유들하고 쿨했던 나의 남작 고양이의 모습은 어디로 갔는지 그 모습은 온데간데없이 초라하고 늙은 고양이가 터덜터덜 걸어 들어와 방범창 너머로 풀썩, 하고 떨어졌다. 고양이들의 습성을 잘 아는 룸메이트는 이마의 상처로 봐선 길고양이들 간의 세력 싸움에서 진 게 틀림없다고 말했다. 마르코는 여전히 품에 콕 안겼고, 좀 말랐어도 여전히 폭신폭신했다. 그렇지만 캣푸드도, 소시지도 못 먹었다. 그는 더 이상 음식을 씹을 수 없었다.

나는 이번에야말로 길에 내보낼 순 없다고, 이번에 내보냈다가는 무슨 일이 생길지 모른다고 굳게 결심했다. 내일 당장이라도 수의사에게 보여야겠다. '오늘은 저 녀석이 무슨 소리를 하든 여기에 두어야지' 하고 창문을 닫았다. 마르코는 늘 자던 곳에서 낮잠을 자고 눈에 띄게 느려진 걸음걸이로 일어나 걸어왔다. 그리고 여느 때와 똑같은 표정으로 "자, 내보내 줘" 하고 재촉했다. "싫엇!" 하고 거절했지만 고양이의 표정 역시 부드럽지만 완고했다.

"나는 가야 돼. 내 집은 여기가 아니라 바깥이니까."

그 눈은 분명히 그렇게 말하고 있었다. 어쩔 수 없이 창문을 열자, 그가 사뿐히 밖으로 뛰어나갔다.

나는 "마르코!" 하고 크게 불렀다.

그는 대답했다. "야~웅"

"저기 몸, 조심해야 돼……."

고양이는 황금색 눈을 맞춘 채 다시 대답했다.

"야~~웅."

"누가 때리면, 그냥 도망쳐!"

"냐~앙. 아가씨, 내 걱정은 말고 아가씨나 잘 지내라고. 함부로 울지 말고."

꼭 이렇게 말하는 것 같았다.

“마르코, 마르코, 큰 고양이랑 싸우지 마.”

“야~아웅.”

이것이 그의 마지막 대답이었다.

그리고, 여느 때처럼 그는 사뿐사뿐 도심의 어둠 속으로 사라졌다. 그러고 나서 두 번 다시 돌아오지 않았고, 나는 그 지하 셋방을 떠났다. 소중한 것은 쉽게 오지 않는다. 그리고 내가 어쩔 방법도 없이 떠나간다.

이것이 내 고양이 애인의 이야기이다.

5. 오빠라는 이름에서 해방되다

단 한 번도 내 인생에 오빠는 없었다. 형제가 없었기 때문에 "오빠"라고 불러볼 대상도 없었고, 남몰래 사모할 만한 친구 오빠라는 두근두근한 존재도 없었고, 좋아하는 연예인조차 없어서 "오빠 오빠" 하고 간절히 외칠 대상도 없었다. 그렇게 맨송맨송하게 자라나서 남자 친구를 사귈 나이가 되었지만 그들을 "오빠"라고 부르기는 왠지 부끄러웠다.

살짝 더 자라서 일 관계로 건너 건너 만나게 되는 남자들은 은근히 자신들을 "오빠"라고 불러주기 바라는 것 같아서 그 말이 더욱 간지러웠고 세월을 통과하면서 이십 대의 여자가 어떤 상황에서 "오빠~~"라고 부르면 안 될 일도 될 수 있을뿐더러 간단하게 많은 것을 얻을 수 있다는 사실을 알게 된 다음에도 쓸데없는 염치로 이 두 음절이 괜히 낯 뜨거웠다. 이래저래 오

빠들은 나에게서 먼 존재였고 오빠라는 그 두 글자가 내 입술에
는 늘 생경했다. 그러나 그런 나도 마음에 깊이 묻어놓은 소중
한 오빠들이 있었다. 오빠, 우리 오빠들.

때는 21세기 초, 스무 살 언저리를 사정없이 방황하던 나는
정말로 할 일이 없어서 집안을 열렬히 뒹굴었다. 불러주는 사람
도, 찾고 싶은 사람도 없었고, 또래 아이들이 청춘을 맹렬히 구
가할 동안 나는 그 귀한 것을 쉰 김치처럼 팍팍 썩히고 있었다.
그때 텔레비전 채널을 무심코 돌리다 보게 된 것이, 나의 오빠
들이었던 것이다.

당시 야생동물보호기금협회World Wildlife Fund와의 명칭 분쟁
에 패소 후 WWF에서 WWEWorld Wresting Entertainment라 이름
을 바꾼, 그렇다! 바로 프로레슬링 오빠들!

내 또래나 좀 더 윗세대는 초등학교나 중학교 때 헐크 호건이
나 워리어, 마초맨이나 엘리자베스 같은 선수들을 보고 자랐겠
지만 그때 나는 전혀 그들에게 관심이 없었다. 그러다 스무 살
이 넘어서 완전히 늦바람이 난 거였다. 재미있게도 내가 늦바람
이 난 시기, 환갑의 레슬러 헐크 호건이 현역으로 돌아왔다. 매
일 새벽까지 집에 멍하게 앉아서 WWE를 보고 있는 딸이 못마
땅해 엄마가 신경질을 내면 홍대에 살고 있는 친구 집에 어슬렁
어슬렁 찾아가 거기서도 멍하니 WWE를 보았다. 심지어 WWE
가 극동 투어로 한국을 방문했을 때 암표를 구해 황홀하기 짝이
없다는 눈빛을 흘리며 펄쩍 뛰어오르던 나는 잠실 운동장에서
오빠들을 뽕이라도 맞은 듯 홀린 눈으로 바라보았다. 왕오빠 헐
크 호건 외에도 당시의 WWE는 유례를 찾아볼 수 없는 풍작이

었다. 숀 마이클, 빈스 맥마흔, 릭 플레어, 에지, 크리스천, 부커 티, 스톤콜드, 에디 게레로아, 눈물이 난다 RVD, 커트 앵클, 브록 레스너, 트리플 에이치, 그리고…… 더 락!

　베이비페이스선한 역할로 절정을 구가하던 락이야말로 오빠들 중에서도 최고의 오빠였다. 현란할 만큼 최고의 마이크 워크로 결국 할리우드 진출까지 성공한 락. 최근 영화계에서 드웨인 존 슨이라는 본명으로 액션 스타에서 게이 역까지 온갖 역할을 다 맡고 있는 것과는 달리 링 위에서는 러브라인 전개조차 전혀 없 었던 락이 여성 레슬링 챔피언 트리시와 딱 한번 보여줬던 그 신만은 결코 잊을 수 없을 정도로 로맨틱하다.

　어떤 여자나 심장 속에 최고의 로맨틱한 장면을 가지고 있는 법. 어떤 여자는 마음속에 레트 버틀러로 분한 클라크 게이블의 키스를 간직하고, 어떤 여자는 〈파리의 연인〉에서 “애기야, 하 드 사줄게”라 하던 박신양을 간직하고, 또 어떤 여자는 〈러브 액추얼리〉의 피켓 신을 기억하고 어떤 여자는 지휘봉을 흔드는 강마에를 기억하고 있겠지만 내가 가슴속에 영원히 품을 최고 의 로맨틱 신은 오직 더 락만의 영토다. 빈스 맥마흔의 〈KISS MY ASS CLUB〉 음모에서 락이 트리시를 구출한 다음, 트리시가 고맙다는 말을 하기 위해 락의 라커로 찾아간다. 어물어물하다 가 트리시가 락의 뺨에 키스를 하자, 락은 무서운 얼굴을 하고 “이게 뭐하는 거냐”고 묻는다. 트리시가 “당신에게 ‘Thank you’라고 말하는 거예요” 하고 대답하자 락은 특유의 한쪽 눈썹 을 찡그리는 표정으로 “그렇다면 락에게도 락의 방식으로 ‘You are welcome’이라고 말할 기회를 줘” 하고는 트리시에게 뜨거운 키스를 퍼부었다.

이 장면에서 나는 외쳤다.

"오빠!"

이렇게 더 락은 처음으로 나를 오빠라는 단어에서 해방시켜 주었다.

다시 복학해서 학교로 돌아갈 때까지 나는 수많은 오빠들 사이에서 울고 웃었으며 심지어 오빠들 WWE 극동 투어까지 쫓아갔던 것이었다. 트리플 에이치 오빠가 국산 생수병을 던지는 모습이 매우 인상적이었다, 아이×스였다……

그다음, 나는 바빠졌고 오빠들과는 멀어졌다. 그동안 몇몇 오빠들은 링을 떠났고, 2005년을 기점으로 신인 오빠들이 대거 나타나 왕년의 오빠들은 잘 보이지 않는다. 에디 게레로처럼, 어떤 오빠들은 죽음으로써 링을 떠났다. 그래도 떠났거나 죽었거나 살았거나 그들은 내게 영원한 오빠들이다. 요즘은 잘 보지 않지만 누가 "좋아하는 스포츠가 뭐예요" 하고 물으면 쭈뼛거리며 "프로레슬링입니다만……" 하고 대꾸한다. 하지만 백발백중 상대에게서 돌아오는 말은 "그거 다 짜고 치는 고스톱이잖아요?" 혹은 "그거 다 쇼잖아요!" 하는 대답뿐이다. 그러면 나는 와락 덤벼들어 피플스 엘보 더 락 전성기 최고의 기술라도 한 방 먹이고 싶다는 난폭한 생각이 든다.

'그 쇼 어디 니가 한번 해봐라! 프로레슬링은 남자들의 일일 드라마 + 발레라는 걸 왜 몰라? 그게 짜고 하는 거라서 오웬 하트가 죽었냐? 짜고 하는 거라서 에지가 그렇게 오래 부상으로 끌었냐? 니가 한번 해봐! 로열 럼블로! 아니면 래더 매치로 나랑 한판 붙자!' 하고 소리치고 싶은 기분이 들지만, 어른이니까 참고, 점잖게 "전 원래 쇼를 좋아하는 체질입니다" 하고 대답한다. 그러나 이럴 때만은, 그토록 사회적으로 멸시받는 빠순이의 기분을 격렬히 이해하고야 마는 것이다.

'니가 뭔데 우리 오빠들한테 뭐래! 우리 오빠들이 연습 얼마나 많이 하고 얼마나 힘든데!'

프로레슬링은 안 봐도 요즘도 일하다 뭐하다 세상에서 쓸쓸한 날 저녁이 되면 홀로 주문처럼 오빠들 이름을 불러보게 된다. 락 오빠, 스톤콜드 오빠, 에지 오빠, 트리플 에이치 오빠, RVD 오빠…… 오빠들, 죽지 말고, 다치지 말고, 살아 있어요. 네? 몸조심하고, 체어샷 좀 살살 하고, 연장 쓸 땐 유의하고, 래더 매치 때는 조심하고…… 락 오빠처럼 이거 안 해도 먹고 살게 이리저리 살길도 좀 알아보고 살아 있어야 해요, 우리 살아서, 또 만나요…….

6. 양보할 수 없는 연인 스펙

혹시 '성인아이'란 말을 들어본 적이 있는지.

네이버 오픈 사전에 따르면 성인아이는 몸은 어른이지만 감정 표현 방법은 어린아이 수준에 머물러 어른이 된 뒤 인간관계에 어려움을 겪는 사람들을 말한다고 한다. 화들짝 놀랐다. 아니, 이건 내 이야기 아닌가? 그런데 대부분 부모의 알코올중독, 일중독, 부부불화와 이혼 등을 보며 어린 시절을 보내면서 아이답게 감정을 표현하지 못해 '성인아이'가 된다고 하는데, 나의 경우에는 부모님이 특별히 금실이 좋지는 않았지만 특별히 불화하지도 않았고 목회자였으니 알코올중독일 리는 없고 일중독이었다면 집안 형편이 좀 나았겠지만 요즘도 말이 아닌 집안 형편을 봐서는 그것도 아니었으며 아직까지 이혼 안 하고 잘 살고 계시니 내가 이렇게 되어버린 것은 죄다 나 때문이다.

'성인아이'는 성장기에 인정받지 못하고 자라서 모든 것이 그때 그대로 정지된 상태라고 한다. 육체는 자라지만 정신은 성숙하지 못하고 어린아이 상태로 머물러 있는 것이다. 어린아이에게는 긍정성과 부정성이라는 두 가지 특성이 있는데, 말 그대로 긍정성은 인생에 밝은 영향을 미치고 부정성은 인생에 어두운 그림자를 드리운다. 따라서 고른 발달을 하지 못하고 긍정성을 잃은 채 부정성에 사로잡히면 성숙한 인격을 소유하지 못한 채 '성인아이'가 되고 만다는 것이다. '성인아이'의 특성은 다음과 같다.

1. 주눅 들어 있다.

2. 자기밖에 모른다.

3. 병적으로 자존심이 세다.

4. 거절과 거부당하는 것을 못 견뎌 한다. 무서워한다고 한다

5. 모험을 할 수가 없다.

6. 다른 사람에게 칭찬만 받으려고 한다. 완벽증

7. 춤을 제대로 못 춘다.

8. 다른 사람의 말 한 마디에 상처받는다.

도대체 몸치들은 어쩌라고 춤 못 추는 것까지 트집인지는 잘 모르겠지만, 자꾸만 연애에 실패하는 이유 연애에 대해서 실패라는 표현을 쓰는 것도 좀 이상하긴 하지만 지속적인 연애를 하지 못하고 서로 상처를 처참하게 주고받고 끝내고, 원수처럼 헤어지는 것을 일단 실패한 연애라고 정의하도록 하자 에 대해서 가장 친한 친구인 S양과 함께 이야기하던 중, '이

것만은 양보할 수 없는 연인 조건'이 화제에 올랐다. S양은 매우 확실한 어조로 또렷하게 말했다.

"나는, 나한테 헌신하는 사람이 좋아."

나는 뭐라고 대답해야 할지 알 수 없었기 때문에 일단 대답을 미뤘다. 가끔 그녀는 나를 기계라고 부르는데, 그것은 아침에 알람이 울리자마자 무표정하게 벌떡 일어나는 얼굴과 연인과 헤어질 때의 무뚝뚝함을 목격했기 때문이다. 후자로 말할 것 같으면, 나는 실연으로 상처 입은 적이 거의 없는 편이다. 헤어지면 이름까지 잊어버렸다. 도대체 왜 이렇게 된 걸까. 어쨌건 그 이야기는 조금 나중에 하고 S양과 나는 평화롭고 행복한 연애를 오래 지속해 나가기 위해서 선행되어야 할 것은 먼저 자신을 아끼고 존중하는 것이 관건이 아닌가 하는, 매우 교과서적인 결론에 도달했다가 둘 다 퍼뜩 놀라고 말았다. 그녀도 그랬고, 나역시 자신을 아끼고 사랑하고 곱게 대해주는 것에 전혀 익숙하지 않았던 것이다. 스스로 강한 여자라고 생각했지만 그래봤자 우리는 개구리 공주였다.

'나의 있는 그대로의 모습을 보고 입맞춰준다면 나는 공주님이 될 거야, 개굴.'

그럴 리가. 개구리는 개구리였다. 자기 자신조차 싫어하고 한심하게 여기는 사람을 누가 좋아해줄 리 없었다. 게다가 더 지독한 것은, 내가 나를 귀하게 여기지 않고 자포자기한 채로 스스로를 싫어하면 남자들은 그걸 정말이지 귀신같이 알아챘다는 것이다. 물론 그런 점을 알아차리고 나서 배려심에 가득 차 더욱 다정하게 대해주고 사랑해주고 위로해주는 사람만 있다면 참 좋겠지만 그럴 리가. 어떤 남자들은 귀신같이 알아낸 징조를 아주 효과적인 감정적 착취의 도구로 사용한다. 약점의 끝의 끝까지 이용하여 여자를 빨아먹고, 그녀가 그녀 스스로를 더 싫어하게 만들고, 있는 대로 마음을 짓밟는 데 이용하기가 십상인 세상이다. 스스로를 별로 좋아하지 않는 사람을 비참하게 만드는 것은 너무나 쉬운 일이다. 험한 세상에서 마음 약한 아가씨들이 명심해야 할 것은, 내가 나를 무시하면 다른 사람들은 아주 대놓고 밟는다는 것이다. 무서운 세상이다. 어떤 일이 있어도 '나는 내가 싫어 죽겠어, 너무나 한심해' 이런 생각만은 해서는 안 된다. 초고속으로 남자의 밥이 되는 방법은 스스로를 싫어하는 것이다. 물론 무조건 스스로를 좋아할 수는 없다. 나 역시 내가 싫어서 확 죽여버리고 싶은 순간도 한두 번이 아니다. 다만 그걸 놈들에게 들키지는 말아야 한다는 걸 깨달았다.

내 안의 '성인아이' 역시 미운 일곱 살에서 하나도 자라지 않고 눈만 뜨면 펄펄 뛰면서 사람을 괴롭혔다. S양의 경우 자신에게 헌신하는 남자를 원하고, 어떤 아가씨는 작은 선물을 자상하게 쥐어주는 사람을 좋아하고, 또 어떤 아가씨는 노래를 귓가에 불러주는 남자를 좋아하겠지만 나는 지가 무슨 라푼첼이라고, 내 안의 '성인아이'가 조금만 움찔할라치면, 조금만 상처 입을라치면 내내 저와 나를 어두운 골방에 가둬버렸다. 아, 그 어두운 골방, 끔찍하다. 작고 어두운 골방 안은, 내가 나를 제대로 아끼지 못하게 하는 데 큰 몫을 담당해왔다.

특히 남자 아이들은 아픈 표시 내지 말고 언제나 씩씩하기를 강요받고, 씩씩하게 살고 싶은 여자 아이들은 그런 남자 아이들

에게 절대로 지지 않도록 한층 더 씩씩해진다. 여기서 씩씩하다
는 것은, 말이야 좋지만 자주 심각한 부작용을 유발한다. 넘어
져서 무릎이 까져도 울지 말아야 칭찬받는 어린 시절의 습관은
마음에도 그대로 작용한다. 무릎이 아니라 마음이 까져도 절대
울지 말아야 한다. 결국 독립적이고 씩씩하려는 의욕이 지나친
아가씨들은 제 고통에 둔감해진다.

'별거 아냐, 별거 아냐.'

그렇게 넘기다 보면 남들을, 그리고 자기 자신까지도 아주 쉽
게 속여 넘기게 된다. 진짜로 아무것도 아닌 것처럼, 아무 일도
없는 것처럼, 전혀 다치지 않은 것처럼. 아무도 관심을 가져주
지 않은 채 무시당한 상처는, 결코 저 혼자 저절로 아무는 법 없
이 언젠가 무시무시하게 보복한다. 한 번도 다정하게 주목받아
본 적 없는 '성인아이'는 내 안에 있는 어둡고 작은 골방에 숨
어 눈동자를 빛내며 치고 나갈 기회를 언제나 기다리고 있었다.

지금은 담담하게 회상할 수 있지만 아주 어린 시절부터 성인
이 된 이후까지 폭력적 체벌을 경험했기 때문에 육체적 고통에
는 상당히 둔감한 편이고, 이것은 필연적으로 마음의 통각 역시
둔중하게 만들었다. 원래 울거나 빽빽거리면 더 맞는 법이다.
'아 괜찮아, 아무것도 아니야' 하고 생각해야 그 시절을 견딜
수 있었다. 전형적인 경상도 인간의 특성은 자신도 모르게 타인
에게 무안을 준다는 것인데, 그 무안의 대상에서는 가족 역시
면제되지 못한다. 그런 것들은 그런가 보다 하고 넘어갈 수 있
었다. 맞는 것도 얼마든지 괜찮았다. 하지만, 나도 모르는 사이

마음속에 컴컴하고 어둡고 음침한 골방 하나가 생겨나버린 게 문제였다. 때려도 좋으니까, 얼마든지 밀쳐내도 좋으니까, 울고 있으면 딱 한 번만 달래주면 얼마나 좋을까. 우리 누구누구, 울지 말라고.

그 꿈이 단 한 번도 이루어지지 않은 채, 나는 어른이 되었다. 딱 한 번이라도 그랬으면 해서 당시 내 방이던 골방에서 농성에 돌입한 적이 있었지만, 농성은 전혀 효과 없이 반나절 만에 강제 진압되었다. 아니, 강제가 아니라 그냥 스스로 투항한 거였다. 뭐 또 시시껄렁한 이유로 부모에게 혼나고 뭐라고 모진 소리를 들은 다음 방구석에 처박혀 나는 소리 높여 울었다. 목이 쉬면 조그만 소리로 울었다. 그러다가 서러워지면 다시 더 크게 울었다. 그렇게 울면서 아마 계속 속으로 말하고 있었던 거였다.

'엄마, 제발 나 좀 달래줘. 나 좀 토닥여줘, 나 좀 안아줘, 제발 제발 제발 부탁이니 나보고 울지 말라고 말해줘……'

엄마의 발걸음이 문 앞에서 멈췄고 나는 눈물을 꿀꺽 삼켰다. 하지만 내 기대와는 180도 다른 목소리가 문밖에서 들려왔다. 가슴에 칼이 박히는 것 같았다.

"하이고, 놀고 자빠졌네. 저카면 누가 신경 쓸까 봐? 거서 실 ─컷 있어라! 지 부모가 죽었나 뭐 저래 울고 자빠졌노!"

여섯 시간 정도 그렇게 울면서 나름대로 농성을 해봤지만 아무런 효과가 없었으므로 나는 결국 포기하고 제 발로 철수했다. 이후 부모와의 관계는 국면이 완전히 달라졌다. 엄마가 꾸짖으면 전에는 울면서 빌었지만 이제는 더 심한 말로 되받았다. 덩치가 커질수록 엄마가 때리는 것 정도는 아프지도 않았다. 아버지가 이단 옆차기 정도는 해야 좀 타격이 왔다. 부모와 다투면서, 제 아무리 얻어맞건 아무리 심한 말을 듣건 결코 울지 않았다. 그리고 그것들은 필연적으로 더 큰 폭력을 불러왔지만, 마음속에 골방이 있는 나로서는 무서울 것이 없었다. 안에 들어가서 문을 닫으면 그만이었다. 어차피 아무도 두드리지도, 관심 갖지도 않는 그 방 안에 있으면 나는 누구에게도, 나 자신에게조차 아무것도 아닌 존재였다. 어른이 되었지만 그 방이 사라지지 않았다.

때리는 부모에게 한 마디도 지지 않고 말대꾸하고, 얻어맞아도 잘못했단 소리 한 마디 없이 문을 쾅쾅 닫으면서 세월이 지나 나는 어른이 되었지만, 그 골방 안에 있는 아이는 결코 자라지 않은 채 '성인아이'로 남아 있었던 것이었다. 여전히 '나 좀 달래줘, 나 좀 울지 말라고 해줘' 하고 훌쩍훌쩍 울면서. 하지만 그즈음에는 나 자신조차 그 아이를 잊고 있었다. 아이는 기회를 틈타며 내 안에서 눈이 붓도록 울고 있었지만 나는 그 아이를 알지도 못했고 낌새가 느껴져도 그딴 게 내 안에 있다는 걸 결코 인정하지 않았다. 그래야 씩씩하고 독립적인, 강한 여자가 되는 건 줄로만 알았다. 녀석을 해결하지 않는 한, 진짜 강한 여자가 될 수 없다는 건 전혀 알지 못했다. 그래서 나는 그냥 센 척하는 여자 아이로 남아 있었고, 이렇게 부모와의 전쟁 시대가 끝난 후 바야흐로 연인들과의 전쟁 시대가 도래하였다.

돌이켜보면, 내가 한 치의 미련도 없이 차버리고 난 다음 이름조차 잊어버린 남자들은 하나같이 공통적인 점이 있었다. 그들은 내가 울고 있을 때 울거나 말거나 별로 신경 쓰지 않는 남자들이었다. 물론 서점에 쏟아져 나오는 수많은 연애 지침서들은 남자는 여자의 눈물에 난감해하고, 자신이 어떻게 할 수 없는 상황에 직면하는 것을 싫어하기 때문에 자신이 당장 해결해줄 수 없는 일로 여자가 울면 감정적 패닉에 빠진다면서 남녀의 차이를 자상하게 설명해주려 하지만 당장 울고 있는 나는 그딴 것 다 집어치워라, 하고 은신해 있던 '성인아이'의 폭정하에 들어가버리는 것이었다. 한 번 울어버리면 마치 시간 이동을 하듯 그 '성인아이'는 나를 그 시절의 골방으로 다시 밀어 넣었다. 문밖에서 엄마의 발걸음 소리에 필사적으로 귀를 기울이며 숨죽여 울던 그 좁고 캄캄한 방, 더할 수 없이 외롭고 어둡고 쓸쓸했던, 할 수만 있다면 지상에서 신속하게 사라져버리고 싶었던 슬픈 골방. 그 골방에 한 번 들어갔다 나오면 부모와의 관계가 그랬듯이 결코 남자와의 관계도 돌이킬 수 없었다.

"내가 잘못했어, 도대체 왜 그러는 건데" 하는 말을 들어도 "아니 사실은 내가 우는데 니가 안 달래줘서 말이지……" 하고 말하기는 구차스러웠다. 그러면서 이 골방의 문을, 결코 열 수 없는 것이 아닌가 싶었다. 육친조차 열어주지 못한 문을 도대체 누가 열어준단 말인가. 나는 점점 냉소적이 되었고, 누구와 헤어져도 상처 입지 않았다. 제 부모조차 달래주지 않은 년을 누가 달래준담. 나를 골방으로 들어가게 한 남자가 어떤 말을 해도 한번 차가워진 마음의 온도는 결코 다시 올라가지 않았다. 내가 그것 때문에 부모하고도 척졌는데 생판 남인 네가 알 게 뭐냐, 나는 무심하게 골방의 문을 쾅 닫았고 남자가 도대체 "나를 왜 차는 거야?" 하고 물으면 이것저것 설명하기 귀찮았으므로 "그냥 니가 병신이라서" 하고 대답했다.

'성인아이'는 그 안에서 내내 울었다. 하지만 나는 내 눈물에도, '성인아이'의 울음소리에도 별 관심을 갖지 않았다. 철들면서부터 내내 싸워야 했던 생활고가 나를 그 아이나 스스로에게 관심 갖는 것을 더욱더 차단했다. 울고불고해서는 기운이 없어서 당장 해야 할 일을 못하고 당장 일을 못하면 돈이 없고 돈이 없으면 학비도 못 내고 쌀 살 돈도 없으니 '성인아이'는 나에게서조차 방치되어 그렇게 내내 제 골방에 앉아 있었다.

친구가 "나는 나한테 헌신적인 사람을 원해"라고 명료하게 말했을 때, 그만큼 확고하게 대답할 수 없었던 나는 처음에는 그 골방에서 나를 꺼내줄 수 있는 사람, 내 안에서 내 눈물을 마시고 내 슬픔을 씹어 먹어서 끈덕지게 살아 있는 그 '성인아이'를 달래줄 수 있는 사람, 이라고 대답할까 했지만 갑자기 그 '성인아이'에게, 내가 먼저 미안해졌다.

'얘야 미안하다, 누가 와서 너를 달래줄 기대만 하고 정작 내가 너를 돌본 적은 없었구나. 내가 너를 내버려두고 누가 와서 어떻게 해주기만 바란 면에서는 나도 똑같이 무책임했구나. 그 골방, 이제 방 뺄 때가 왔다. 방 빼자. 그 문을 열어서 너를 꺼내줄 수 있는 사람은, 그 일차적 책임은 나에게 있었는데 아가야,

내가 너를 먼저 모른 척하고 내가 먼저 너를 외면했구나. 이젠 나는 어른이니까 네 손을 내가 먼저 잡았어야 되는데 너를 모른 척 몰래 시체를 구덩이에 유기하듯 아무것도 모른 척하는 게 강한 여자가 되는 길인 줄 알았어.'

그제야 나는 친구에게 명료하게 대답할 수 있었다. 내 이상형은 무척 간결해졌다.

"내가 울면, 나를 달래줄 수 있는 사람이 좋아, 그전에 싸웠건 어쨌건 내가 울면 마음 아파하면서 일단 토닥거려주는 사람. 뭐 그런 사람이 나를 좋아할 리도 없겠지만 밤낮 이런저런 이벤트로 기쁘게 해주거나 내가 갖고 싶어하는 건 다 사주거나 공주님 대하듯 모시는 사람이 있거나 말거나 다만 내 눈물에 민감한 사람, 울면 어쩔 줄 모르고 달래줄 수 있는 사람, 눈물을 흘리면 안아줄 수 있는 사람이 좋아."

다만 이것이야말로, 내가 연인에게 바라는 스펙이다.

3부

오~베이비, 또다시 덥벼요!

우리가 명심할 거야 그냥 세상에 공짜가 없다는 거,

얻어먹는다고 공주 되는 거 아니라는 거. 좀 심하게 말하자면,

빨리 잡아먹을 돼지에게 사료도 더 자주 주는 법이라는 것이다.

때로는 부모의 사랑조차 공짜가 아니다.

인간관계에서 주고받는 것은 죄다 부메랑이게 마련이다.

1. 십 대여, 줏대를 가질지어다

커플 비교 : 춘향과 이 도령 VS 로미오와 줄리엣

십 대에 해서는 안 될 몇 가지에 대해, 사회는 사랑이라고 금하지만 사랑하기를 그치는 자, 그 어찌 청춘이겠는가. 물론 연애는 마음을 어지럽히나 마음이 성장하는 가장 강렬한 길이기도 하다. 십 대의 사랑이 있어서는 안 될 일이라면 춘향과 이 도령이 잊혀지지 않는 까닭은 무엇이며 로미오와 줄리엣의 동상이 아직도 베로나에 서 있는 이유 또한 설명할 수 없을 일이다.

그러므로 십 대 시절의 열애가 가야 할 모범적 길 또한 이 두 커플에게서 배울 수 있으니, 두 커플 다 풋풋한 십 대의 연인이 되, 춘향과 이 도령은 오래오래 행복한 삶을 누렸고 로미오와 줄리엣은 짧은 열애 끝에 채 피어보지도 못한 나이로 허무하게 죽어버리고 말았다. 이 둘의 차이는? 간단하다. 일단은 인내심의 차이다. 연애는 인내심이다.

춘향이 언제 급제할지도 모르는 이 도령을 끈기 있게 기다리고 그러다가 변 사또에게 갖은 고문을 당하면서도 입술을 꼭 깨물고 견딘 시간은 아마 한두 달은 아니었을 테다. 조선 시대 과거에 급제하기는 그야말로 하늘의 별 따기라서, 어지간히 영민한 선비들도 10여 년에 걸쳐 낙방에 낙방을 거듭하는 경우가 많았다고 한다. 기녀의 딸이라 하나 양반을 아버지로 두었던 춘향이 그 사실을 몰랐을 리 없다. 또한 누군가 함께 있어주었으면, 하는 소망이 컸을 십 대 소녀의 예민한 성정 역시 꾹 눌러 참았으니 실로 야무진 아가씨가 아닐 수 없다. 이 도령 역시 남자의 허영심인지 춘향의 사랑을 시험해보고 싶어한 쪼잔한 면은 있지만 일단 사랑에 대한 집념으로 어려운 과거 공부에 비교적 일찍 성공했으니 추진력은 만점이다. 추진력 좋은 남자답게 관직 역시 암행어사로 발령받아 춘향이 있는 곳으로 돌아왔으되, 분명 환경 세팅에도 능한 드라마틱한 남자였을 것이다. 춘향이 변 사또에게 붙잡혀 벌을 받기 직전 기가 막히게 들이닥치는 타이밍은 미리 꾸미지 않았다고 생각할 수 없는 수준! 이렇게 이벤트 연출에 능한 타입은 분명 머리가 좋다. 과거 공부가 아니라 장사를 했다면 거부가 되었을 것이고, 무관이 되었다면 고위 장성 감이다.

반면 줄리엣은? 허술하기 짝이 없다. 로미오 역시 마찬가지다. 둘 다 잘난 집안에서 금지옥엽으로 커서 허약하기 짝이 없는 것들 같으니라고! 교제가 금지된 원수 집안의 자손들로써 불꽃이 후다닥 튈 만큼 초스피드의 사랑에 빠진 것은 멋진 일이지만, 만난 지 며칠이나 됐다고 결혼이라니! 물론 어른이면서 말리지도 않고 냉큼 결혼식을 올려준 로렌스 신부도 문제지만, 어쨌든 일 저지른 건 이들 두 사람이다. 아무리 사랑해도 결혼은 좀 기다렸다가 해야 한다는 것도 모르는 꼬마들이 웬 결혼!

또한 로미오가 티볼트를 죽이고 먼 도시로 도망했을 때 줄리엣의 반응은 허둥지둥 그 자체였다. 행동력 빠른 캐퓰릿 가 사람들은 사촌오빠의 피가 식기도 전에 줄리엣을 명문가의 자제 패리스 경과 결혼시키려 하는데, 이때 줄리엣의 우왕좌왕한 행동은 한층 더 극에 달한다. 결단력 있게 말이라도 훔쳐 타고 남편을 쫓아가지도 못하고 용기 있게 결혼을 거부하지도 못하고 아버지에게 따귀 한 대 맞고는 징징 울며 신부님을 찾아가서 죽여달라고 잉잉거린다. 한심한 계집애……. 로미오 역시 뭐 하나 잘난 것 없는 놈이다. 놓고 온 자기 애인이 딱한 처지에 처해 있다면 어떻게 해서든 구할 생각은 않고 제일 먼저 가는 데가 약방. 거기서 독약을 산다! 바보! 이런 젖내 나는 애가 결혼을 하겠다는 생각 자체가 주제넘었어!

이런 귀한 집에서 과잉보호로 자라난 겁쟁이들이 연애를 하겠다는 생각 자체가 애당초 틀려먹은 거다. 제 건사부터 할 수 있는 인간에게만 연애할 수 있는 자격이 주어진다. 약으로 잠든 줄리엣을 보고도 로미오는 좀 더 기다렸다가 이것저것 사태를 알아볼 생각도 않고 홀랑 독약을 '원샷'한다. 잠시 후 일어나 로미오의 시체를 본 줄리엣도, 그렇게 소중한 남자 친구를 죽게 만든 자기 부모와 남친네 부모에게 한 번이라도 바득바득 한풀 이해볼 생각은 않고 대뜸 남친의 단검으로 제 가슴을 찌른다. 토끼라도 애들보다는 인내심이 강하겠다는 생각이 들 정도다. 그야말로 삽질 릴레이를 보는 듯한 바보 커플이다.

　로미오와 줄리엣의 사랑이 파경으로 끝난 이유는 무엇이며, 춘향과 이 도령의 사랑이 성공한 이유는 무엇일까? 어디까지나 줏대의 유무다. 이 도령과 춘향은 같은 십 대라도 강단이 있었고, 로미오와 줄리엣은 그렇지 못했다. 세상이 말하듯 십 대의 연애가 굳이 위험하거나 불순한 것은 아니다. 오직 강단이 없는 연애가 칠순이건 팔순이건 상대와 자신을 해치게 마련이다. 강단이 없는 사람은 남을 사랑할 수는 있어도 그 사랑을 지켜낼 수는 없다. 그러니 사랑하고픈 십 대 여러분, 연애보다 줏대가 먼저다. 일단 줏대가 있으면 연애뿐 아니라 여러 가지 일에도 실패하지 않을 수 있는 법이니까.

2. 연애 편견을 해부하다

세상에는 딱 두 가지 성, 여성과 남성이라는 달랑 둘밖에 없는데도 이 둘 사이의 계곡은 마치 남극의 크레바스보다도 깊게 여겨질 때가 있다. 그렇지 않다면 서점에서 남녀 관계의 해석과 해결법에 대한 책들이 왜 그리도 많이 팔리겠는가? 그러나 더 슬픈 것은 둘의 차이점을 안다고 해도 간단하게 의사소통 문제가 해결되지 않는다는 것이다. 마치 신기루처럼, 이것인 줄 알았는데 저것이고, 저것인 줄 알았는데 이것인 식의 선입견들이 우리의 발목을 잡곤 한다. 그렇다면 적을 알고 나를 알면 백전백승이라는 옛 성현의 말을 되새겨 우리의 발목을 잡아끄는 그 선입견을 메스로 콕콕 쑤셔 해부해보자. 도대체 우리 사이에 있는 그 좁고 깊은 크레바스는 무엇이란 말인가?

진실 : 남자들도 모이면 수다를 떤다. 그것도 훨씬 더 오래, 많이.

사람들은 마치 수다는 여자들의 전유물이자 단점인 것처럼 '여자의 수다' 하면 비난조로 이야기하고 있지만, 실은 남자의 수다도 장난이 아니다. 게다가 여자는 모든 것에 대해 수다를 떨 수 있지만 남자의 수다는 주제도 한정되어 있어서, 그것은 크게 보면 둘로 나뉜다.

1. 군대
2. 여자

(이상은 중요도로 인한 배열이 아닌 가나다순 배열이다)

게다가 그들 역시 우리만큼이나 뒷담화도 엄청 잘하지만, 여자들은 "아유, 우리 뒷담화 무지 오래 깠네" 하고 인정하는 경우가 많은 데 비해 남자들은 '오늘도 건설적 비판을 많이 했군' 하고 생각하는 경우가 많다. 즉 그들은 자신들의 이야기를 절대 수다로 인정하지 않는다는 사실! 그들은 결코 수다 때문에 피로해지지 않는다. 세상일을 염려하고 그에 대해 대화하고 토론하느라 피곤해질 뿐이다. 이것을 인정해주는 척하지 않는 이상 절대 그들은 삐친 마음을 풀지 않을 것이다.

선입견 : 남자는 삐치지 않는다.

진실 : 남자는 엄청 자주, 오래 삐친다.

　"나 잘 안 삐쳐요" 하고 말하는 남자일수록 엄청 잘 삐치기 때문에 훨씬 더 신경을 써야 한다. 그건 "나 엄청 잘 삐치니까 신경써줘요!" 하는 이야기와 같다. 쉽게 얘기하면, "나, 뭐 별로 안 예쁘니까……" 하는 여자가 "그래 너 정말 안 예쁘지"라는 말을 들었을때 펄펄 뛰면서 분노하는 것과 비슷한 거다. 그런 여자가 사실 예쁘단 말을 듣고 싶어하는 것처럼 "안 삐쳤다", "나는 남자답게 마음이 넓다"라고 몇 번이나 강조하는 남자는 분명히 삐친 것이다. 이런 남자에게 '자기가 안 삐쳤다고 하니까 그런 거겠지' 하고 신경을 껐다가는 호되게 당한다. 나중에는 분명히 자기에게 신경을 안 쓴다며 펄펄 뛴다. 원한다면 당신과 10만 원빵을 해도 좋다. 그러니까 이런 남자를 좋아하고 있다면 안 삐쳤다고 아무리 외쳐도 "자기 삐쳤어?"의 쌍비읍도 입에 담지 말고 그냥 자상하게 달래주거나 애교나 떠는 것이 속 편하다. 치사스럽다고? 다 연애하려면 어쩔 수 없다. 원래 남자란 엄청 나게 손이 많이 가는 생물이다. 뭐 쪼잔하기야 하지만 다시 한 번 반복하자, 어쩔 수 없다. 에덴동산에서 아담이 선악과를 따 먹었다고 힐책하는 조물주에게 뭐라고 대답했던가? 아시다시 피, 그는 "저 여자가 줘서 먹었어요" 하고 대답했던 것이다. 남 자는 원래 그런 생물이라고 생각하면 여러 가지가 간단해진다. 그의 분노가 모두 정당한 것이라고 맞장구쳐주거나, 그가 결코 '삐치는 따위'의 하찮은 감정에 휘둘릴 수 없는 강직한 생물인 것처럼 대해주자. 못 본 척하면 모든 것이 꽤나 간단해진다.

오늘도 건설적 비판을
많이 했군.
내가 군대 있을 때
말야.
그 여자 누구야?

◙ 여자 친구가 짧은 치마 입는 걸 그가 싫어하는 이유는?

선입견 : 그녀에게 엉큼한 놈들의 시선이 닿지 않도록 소중히 여기고 있기 때문이다. ◉

진실 : 본인이 짧은 치마 입은 여자만 보면 엉큼한 생각을 하기 때문이다.

우울한 이야기다. 절대로 인정하고 싶지 않다. 그렇지만 사실이 그렇다. 이것은 내가 직접 여자 친구가 노출이 심한 옷을 입었을 때 화를 내는 내 친구 녀석들을 극한까지 파헤치며 그 심층까지 마구 찔러댄 결과 알아낸 진실이다. 덕분에 그들은 심한 정신적 공황 상태에 빠졌지만, 놈들 사정이야 내가 알 바 아니지…… 여자 친구가 노출이 있는 옷을 입었을 때 엄청나게 화를 내는 남자일수록 다른 여자의 그런 차림을 보고 엉큼한 생각을 하는 경우가 많다! 이것은 억압기제에 관한 이야기이기도 한데, 아주 기초적인 이야기지만 무언가를 심하게 억압할수록 마음속 깊은 곳은 반대로 격렬한 열망에 휩싸이고 있다는 것이다. 그러니까 조금 짧은 치마를 입었다고 필요 이상으로 오버하며 화내는 남자에게는 "세상 모든 남자가 다 너 같은 줄 알아?" 하고 톡 쏘아붙여줘도 무방하겠다. 그렇게 걱정되시면 여자 친구한테 아예 개량 한복을 두루마기까지 풀세트로 맞춰주시든가…….

선입견 : 여자에게 어필하려면 비싼 선물이 최고다.

진실 : 여자에게 어필하려면 자상한 선물이 최고다.

완전히 사귀기로 도장 찍기 전이라면 비싼 선물은 부담스럽다. 자본주의 사회에서 기브 앤드 테이크란 법칙은 우리의 뼛속까지 뿌리 깊게 자리 잡고 있는 절대적 명제이므로 받은 게 있으면 줘야 한다는 원칙에서 우리 모두는 자유롭지 못하다. 슬프게도, 순수한 사랑의 선물 따위는 없다는 말씀! 겉으로 아무리 번지르르한 말로 포장해도 어차피 '이거 받고 나랑 사귀어주세요'인 것이다.

그런 심정이 고스란히 드러나는 비싼 선물 같은 건 재물로서의 가치를 지닐지언정 마음에는 심한 부담을 준다. 사귄 후에도 비싼 선물은 조금 부담스럽게 마련이다. 주머닛돈이 쌈짓돈이라는 말처럼, 바로 '움직이면 돈'인 사회에서 어차피 두 사람이 만나 교제를 하느니만큼 비율 차이가 있더라도 둘 다 부담하게 되는 것이 인지상정이다.

그러니 한쪽에서 무리한 지출을 하면, 다른 한쪽에서 그 하중을 감당해야 하는 게 당연지사. 아가씨들도 남자가 돈 많이 쓴다고 좋아할 것 하나 없다. 남자는 좋아하는 여자에게 절대로 돈 안 쓰게 한다는 둥 하는 말이 얼마나 설득력 있는지는 나도 잘 알지만, 남자라고 땅 파서 돈 나오는 거 아니고 남자라고 연봉이 몇 천씩 더 많은 것도 아닌데 사귄 지 오래되면 될수록 거머리 취급이나 받기 십상이다. 물론 어느 정도 투자를 했다면 '내가 쟤한테 들인 돈이 얼만데……' 하는 심리를 불러일으킬 수도 있겠지만 어차피 지금 이 책 보고 있는 아가씨라면 그딴데는 관심 없을 거고, 우리가 명심할 거야 그냥 세상에 공짜가 없다는 거, 얻어먹는다고 공주 되는 거 아니라는 거. 좀 심하게 말하자면, 빨리 잡아먹을 돼지에게 사료도 더 자주 주는 법이라는 것이다. 때로는 부모의 사랑조차 공짜가 아니다. 인간관계에서 주고받는 것은 죄다 부메랑이게 마련이다.

만일 나라면 비록 이삼천 원짜리 리어카표이더라도 "너 생각나서 샀어" 하는 말과 함께 건네주는 귀여운 귀걸이처럼 마음이 담겨 있는 거라면 좋겠다. 대신 이런 건 워낙 싸니까 좀 자주 해야 약발이 먹힌다 또한 추운 날 그녀를 만날 때 내미는 따뜻한 캔음료, 더운 날 헉헉 숨을 몰아쉬며 뛰어온 여자 친구에게 건네주는 시원한 녹차 한 잔처럼 값의 여하와 관계없이 '난 언제나 당신을 생각하고 있어요' 하고 팍팍 어필하는 선물이 여자에게는 직빵이다. 그렇다면 남자에게는? 본인의 경험으로는, 절대 내 생각을 하라면서 꽃이나 화분 같은 거 주지 말 것. 남자에게는 최소한 먹을 수조차 없는 것 = 쓰잘데기 없는 것이다. 이 점에서는 남자나 여자나 비슷하다. 남한테 받는 선물이란 건, 다른 사람한테 자랑할 수 있는 게 최고다. 천박해서 죄송하지만 남 보기 폼 나는 게 최고란 거다. 그렇다고 해서 쓸데없이 커다란 꽃이나 백곰만 한 곰 인형 따위라 생각한다면 대단한 착각이다. 그딴 걸로는 '가오'가 절대 안 선다.

그 혹은 그녀에게 선물을 하고 싶다고? 이 두 글자를 반드시 기억할 것.

가. 오.

상대가 여자일 경우 '허영'이라고 읽고, 남자일 경우 '가오'라고 읽는다. 이것을 채워준다면 그 선물은 100% 성공이다. 이렇

게 남자와 여자의 차이는 엉킨 전깃줄 배선만큼이나 복잡다단
하지만, 그렇다고 좌절할 건 없다. 어느 시대나, '진심은 통한
다'는 것이 진리이기 때문이다. 그 수많은 연애를 통해 내가 알
게 된 것은, 공부하는 놈이 이긴다는 것이다.

Q1 **저는 차였습니다. 어쩌면 좋죠?**

계급 차가 좀 나긴 하지만 정말 좋아했던 '댄'이라는 남자 친구가 있어요. 그 애는 제 몸만 노린 것도 아니고, 제 얼굴만 보고 사귄 것도 아니고, 제가 원래 좀 예쁘긴 하거든요 아주 옛날부터 지고지순하게 저를 좋아했대요. 하지만 몇 가지 오해가 뒤섞여서 그 애는 저를 믿을 수 없다고 하면서 버리고 말았어요. 학교라도 계속 다닌다면 만나면서 뭔가 풀어볼 기회라도 생길 텐데, 마침 방학이 되어버렸지 뭐예요. 저는 차인 거예요. 어쩌면 좋죠?

세레나 반 더 우드슨

A1 내 것보다 훨씬 큰 고통이 있다는 걸 아는 게 어른의 시작이더구나

세레나, 일단 차였다니 안 됐구나. 차이는 건 언제나 기분이 정말 더럽지. 거기다가 댄인가 뭔가 하는 그 녀석은 명실 공히 학교 퀸카인 너에 비해선 한참 달리긴 하지. 뭐 똑똑하고 지적인 건 알겠는데 뭔 애가 그렇게 겉늙어서, 자기 아빠랑 같이 서 있으면 아들이 아니라 동생 같지 않든? 솔직히 계급 차 말고 외모도…… 아, 외모도 계급이던가, 또 비열한 소리를 하고 말았군.

아차, 네 전 남친 험담을 하기 위해 말하는 건 아니지만, 그냥 차이는 건 항상 기분이 더럽기 때문에 그놈 험담이라도 하지 않으면 견딜 수가 없잖니. 더군다나 지금 네 말에 아마 언니는 누구보다 공감할 수 있는 사람일 거야.

너처럼 예쁘고 매력적이지는 않지만, 너와 아주 비슷한 이유로 연인과 얼마 전 헤어졌거든. 댄이 너를 믿을 수 없다고 했듯이, 나도 같은 이야기를 들었고.

네가 댄을 고의로 속이고 싶었던 것이 아니었던 것 잘 알아. 나 역시 그랬으니까. 하지만 세상에는 성정이 원래부터 예민하고, 따라서 완전한 신뢰를 요구하는 남자들이 있어. 드물지만, 그런 것 같더라.

그리고 사실은 우리 같은 여자 애들한테도 문제는 있지. 나야 너처럼 초미녀 퀸카는 아니지만 네가 지고 있는 고뇌는 조금 알 것 같아. 누구도 진짜 너를 알려 하지 않지, 어차피 너나 나나 사랑 같은 것에 익숙하지 않잖아. 그저 우리가 익숙한 건 한 번 자달라고 하는 놈들뿐이지. 그러다 보면 자기 방어기제가 자기도 모르게 작동하게 되고. 그 방어기제가 뭐냐고? 그 무엇도 소중하게 생각하지 않게 되는 거야, 자기 자신을 포함해서. 그리고 진짜로 소중한 것이 생겨도 그것을 어떻게 지킬 수 있는지 모르게 되지.

댄의 마음을 상하게 한 너의 거짓말들도 그런 서투름에서 나온 게 아닐까 생각해, 나 역시 그랬거든. 내 옛 연인이나 댄은 나나 너를 그저 비열하기 짝이 없는, 믿을 수 없는 거짓말쟁이로 생각할지도 모르겠지만 나는 너를 결코 그렇게 생각하지 않아. 그저 마음 아프게 느낄 뿐이지. 우리에게 좀 더 많은 기회가 있었더라면, 더 많은 걸 배울 수 있는 시간이 있었더라면, 하고. 하지만 지나간 일은 모두 어쩔 수 없지. 사소한 오해는 쌓이고, 그 오해는 이해를 조각조각 내고, 그러다 보면 신뢰를 잃게 되고, 두 사람이 함께 설 수 있는 공간은 물속의 얼음이 녹듯이 이내 사라져버리지.

댄을 보낼 때 안타까워하던 너처럼, 나도 설득해보고 싶지 않았던 건 아니었어. 하지만 이미 골이 너무 깊어서 그 골을 메울 자신이 도저히 없었어. 뭐 나도 힘이야 들었지. 이 세상에 수월한 이별이 어디 있겠니. 아프지 않은 실연이 어디 있겠니. 그래서 나는 어떻게 하고 있냐고?

여기도 네가 있는 어퍼 이스트 사이드Upper East Side처럼 여름이야. 나는 지금 기륭전자라는 곳에 있단다. 기네스북에 오를 정도로 긴 비정규직 투쟁이 지금도 진행되고 있는 곳이지. 여기서 열흘 단식 농성했고, 앞으로도 또 할 것 같아.

웬 농성이냐고? 앗, 오해하지 마. 실연 때문에 농성하는 건 아니니까. 내 이별도 참 아팠지만 먹고 살자고, 일 좀 하자고, 70일 가까이 단식하면서 싸우는 분들 앞에서 술 먹고 응석 같은 건 못 부리겠더라. 내놓고 싸울 것이 자기 목숨밖에 없는 분들의 처연한 품위 앞에서, 내 실연 나부랭이는 참 우습도록 초라하더라. 목숨을 건 투쟁 앞에서 실연의 고통 따위는 먼지보다 하찮은 거더구나. 그분들이나 다른 노동자의 인생은, 나도 그렇고, 네가 사는 어퍼 이스트의 인생과는 전혀 다르겠지.

하지만 나는 믿고 있단다. 슬픔이라는 것만은 사무치게 평등하다고. 연인을 잃은 너의 슬픔도 네가 아무리 부자라 한들 산동네 사는 가난한 나와 동일하게 진하고 쓸쓸할 거야. 게다가 너는 댄을 연인이면서도 친구처럼 믿고 의지했는데 얼마나 슬프겠니. 난 사실 그런 말을 참 싫어해. '너보다 못한 사람들을 생각하라!'든가 어렸을 때 밥을 남기면 '지금 이 세상 어디엔가는 굶고 있는 어린애들이 있다!'라는 말들 말이야. 내가 그 밥을 다 먹는다고 개들 입에 그 밥알이 들어가는 것도 아닌데……. 그렇지만 세레나, 나도 아직 철이 없지만 어른이 된다는 건 참 어렵더라. 물론 남 목 잘린 것보다 내 손가락 베인 게 더 아픈 거긴 하지만, 나의 요까짓 고통보다 세상에는 얼마든지 거대한 고통이 많다는 걸 아는 건 당장은 쓰라린 배움이지만 꼭 알아야 할 공부더구나. 내 것보다 훨씬 큰 고통이 있다는 걸 아는 게 어른의 시작이더구나. 쓸쓸하더라도, 그 배움이 아파도, 알고 싶지 않더라도, 인간이란 그렇게 해서 자라야 하는 거더구나. 그런 말이 있지. 사랑을 한 번도 안 해본 것보다는 한 번이라도 사랑을 해보고 상처받는 것이 낫다고. 그러니까 우리는 행복한 거야. 여자는 참 복잡해 보이지만 사실은 엄청나게 단순한 동물이란다. 근데 남자들은 참 그걸 모르지. 여자는 그냥 허영심으로 한평생 사는 거야. 그토록 사랑받았던 기억. 그거 하나만 있다면 고통스러운 일상을 하루하루 견뎌낼 수 있는 동물이지.

댄에게 그렇게 사랑받았는데 헤어져서 지금 그토록 불행하다면, 언젠가 그토록 사랑받았던 나날이 나에게도 있었다고 떠올리면서 미소 짓는 날이 반드시 올 거야. 에머슨의 시구에 그런 구절이 있지, '반신이 가면 완전한 신이 온다'라고. 완전한 신이 안 오면 또 어떠니. 사랑받았던 기억이 있으면 견딜 수 있어. 이 여름, 건강하렴. 마약 같은 거 하지 말고 마티니도 좀 줄이고, 언니도 술 끊으려고. 다시는 술 때문에 소중한 걸 잃고 싶지 않거든. 세레나도 꼭 유의하렴. XOXO.

Q2 연상 애인과의 관계, 어쩌면 좋을까요?

누나, 안녕하세요. 저는 고3 남학생 K입니다. 네 살 위의 누나와 사귀고 있습니다. 동호회에서 스물세 살, 대학교 3학년인 그때는 스물두 살이었죠 누나를 보고 첫눈에 반했습니다. 제 나름대로는 조숙한 편이라고 생각했지만 뭐 나이도 어리고, 공부도 별로, 외모도 별로고 해서 감히 사귀자고 말할 입장이 아닌 것 정도는 저도 알았기 때문에 그냥 블로그 같은 걸로 인사하고, 문자로 안부만 주고받는 정도였습니다. 물론 저는 너무 떨리고, 바보처럼 몇 번이나 고민해서 답문을 보냈죠. 그렇게 남몰래 저 혼자 좋아하는 누나로 알고 지내기만 하다가 올해 2월쯤에 누나가 집안 문제로 힘든 일이 있었는데, 그때 옆에서 누나를 위로해주다가 사귀게 되었습니다.

　누나가 예쁘고 인기가 많아서 전 솔직히 너무 꿈같았습니다. 누난 자기한테 아무것도 바라지 않는 남자를 만나고 싶다며 제가 귀엽고 순진해서 좋다고 하더라고요. 그렇게 몇 주가 지나고, 저는 고3이 되고 누나도 복학을 하면서 서로 바빠졌습니다. 고3 스트레스가 겹쳤는지 저도 너무 초조해지더라고요. 다른 남자 만나는 건 아닌지, 내 생각을 하는지, 답문이 늦어지거나 하면 벌컥 화가 나기도 하고, 드라마에서 본 것처럼 MT 같은 데서 멋있는 남자 선배 같은 사람이랑 바람피우는 건 아닌지……. 그렇지만 그런 걸 물어보기에는 너무 초라하니까 괜한 트집으로 화만 내게 되는데 이런 제 자신이 너무 싫습니다. 사실 누나가 바람피울 시간도 없는 게 맞거든요. 휴학했던 것도 집안 사정이 안 좋아서 계속 아르바이트하느라 휴학하고, 지금도 학교 다니면서 아르바이트를 두세 개씩 하고 있는 것도 다 알고 있는데 괜한 불안감이 지워지질 않아요. 게다가 지금 당장은 저도 뭔가 해줄 수 있는 게 아무것도 없고……. 사실 만나서 데이트 비용 하나 낼 수 없는, 남자 친구라고 하기에도 민망한 입장이니까요. 몇 번을 싸우다가 누나가 울면서 "니가 나보다 나이도 어리고 지금 아무것도 없다 해도 상관없었던 건 니가 나한테 아무것도 바라지 않고 니 진심만은 믿을 수 있다고 생각했기 때문이야. 그런데 이게 뭐냐"라고 하더라고요. 그다음부터 서로 서먹서먹해지고, 무슨 말을 해야 할지 모르겠고 마음이 너무 아픕니다. 누나를 좋아하는 마음은 정말 크고 뭐든지 해주고 싶은데 이렇게 서투르고 어리니, 정말 부끄럽고 슬프고 미안하고……. 미칠 것 같습니다. 친구들은 고 3 주제에 무슨 연애냐고 나이 많은 여자하고는 안 된다고 다 때려치우라고, 누나들은 영계면 무조건 좋아하는 거라고 하는데 도대체 전 어쩌면 좋을까요?

A2 당신 없이는 살 수 없을 만큼 귀엽게 구세요

확실히 누나가 좀 안되긴 했네요. 뭐 같은 누나 입장이라서 편드는 거냐고 해도 할 수 없어요. 지금 K 군 눈에는 보이지 않겠지만, 더 많이 아는 어깨에는 저절로 더 많은 짐이 지워지게 마련이거든요. 그리고…… 누나가 K 군을 많이 좋아하는군요. 사회가 워낙에 각박하다 보니, 사람들은 점점 더 절대로 도박을 안 하게 되거든요. 질 것 같은 게임에는 아예 도전하지도 않고요.

하지만 예쁘고 인기도 많은 여대생이 잘생기지도 않고 돈도 없고 이제 곧 고3이 되는 K 군을 남자 친구로 선택했다니, K 군에게 벗겨먹을 별다른 점이 없다면 뭐 사실은 엄청나게 공부를 잘해서 서울 법대는 따놓은 당상이라거나 실은 부모님이 제주도에 K 군 이름으로 해놓은 땅이 한 이천 평 있다거나 이거는 뭐, 진정한 사랑이라고 봐야 되겠는데요. 그도 그럴 것이, 젊은 여자들은 뭔가를 얻기가 쉬운 게 우리 사회 구조입니다. 그래서 실체 없는 '된장녀'라는 말까지 나왔겠죠. 사실 뭐 K 군 눈에 콩깍지가 씌었다 하더라도 젊고 예쁘고 인기 있는 아가씨라면 다른 누군가를 통해 뭔가를 얻을 기회가 많겠죠. 젊고 예쁘다는 이유만으로 말이에요.

하지만 뒤집어보면 이건 사실상 젊지 않은 여자는 뭔가를 얻기 어려운 구조라는 이야기지요. 메뚜기도 한철이고 화무십일 홍이라고 젊고 예쁜 시기가 지나면 모두가 개무시하죠. 이 영계 권하는 사회가 아직까지는 얄밉게도 강건하기 그지없어요. 그런데 그녀는 그런 기회들을 마다하고, 당신을 선택한 것입니다. 그렇다고 그것만으로 그녀에게 넙죽 엎드려 고마워하라는 이야기는 아니에요. 그냥 현실이 그렇다고 이야기하는 것뿐이에요.

당신이 그녀에게 해줄 수 있는 일은, 그저 그녀가 원하는 것을 주는 것뿐입니다. 그녀는 당신의 악조건어리고, 미숙하고, 돈 없는 고등학생을 다 무시하고 당신을 선택했어요. 그것은 당신에게 그런 악조건을 넘을 만한 어떤 뭔가가 있다는 것이지요. 그건 바로 당신이 썼듯이, 귀엽고 순진하고 순수하다는 것이죠. 아마 아르바이트에 치이고 세상 물정을 아는 그녀에게는, 사랑 말고는 무엇도 바라지 않는 당신의 순수함이 보석처럼 소중했을 겁니다.

그러니, 당신은 계속 귀엽고 순진해야지 어떡합니까. 온 힘을 다해서 귀엽게 행동하세요. 아주 그냥 전력으로 귀엽게 굴어야지 어떡합니까. 근묵자흑이라 했으니 괜히 껄렁껄렁한 애들하고 놀지 말고공부 안 하는 애들, 담배 피는 애들 이야기하는 게 아니라 누굴 따먹었네 어쨌네 하는 쓸데없는 소리 해대는 새끼 마초들 말입니다 공부 열심히 하고, 한참 불끈불끈한 나이란 거야 충분히 알겠지만 누나가 진심으로 원하기 전까지 괜히 육체적으로 집적거리지 말고, 그냥, 마구 귀여움을 떠세요. 당신 없이는 살 수 없을 만큼 귀엽게 굴어야지 뭐 어쩌겠습니까. 그러니 오버해서 그저 그녀가 원하는 걸 주세요. 굳건히 당신 자리에 서서 당신 할 일 하면서, 귀엽고 순진한 눈을 하고 때 묻지 않은 사랑을 주세요. 사람이 밥만 먹고 살 수도 없고 사랑만 먹고 살 수 있는 것도 아니지만 흔들리지 않는 신뢰에 찬 눈동자는 의외로 사람을 강하게 지탱해줍니다. 하나 더, 누나들에 대해서 오해하지 마세요. 누나들, 어리다고 무조건 좋아하는 거 아닙니다.

좋은 남자가 어릴 때, 그 남자를 좋아하는 거죠.

Q3 떠난 남자 친구의 마음을 붙잡으려고 다이어트를 하고 있어요

고1 여학생이에요. 그냥 S 양이라고 불러주세요. 작년부터 좋아하는 오빠가 있는데, 우리 아파트 단지에 사는 친구 오빠거든요. 한 살 많고 그렇게 잘생긴 건 아닌데 성격도 너무 좋고 웃는 게 되게 귀여워요. 고등학생이 되면 꼭 그 오빠 여자 친구가 될 거라고 생각하고 혼자 엄청 굳게 결심했어요.

친구들이 너 무슨 순정만화 쓰냐고 놀리는 거 저도 알고, 스스로 생각해봐도 좀 유치하긴 한데요. 사실은 뭐 별로 저보고 사귀자고 하는 애도 없었어요. 제가 여드름도 좀 있었고 통통한 편이라서 중학교 때 솔직히 안 예뻤거든요. 중3 겨울방학에 완전 대대적으로 공사했죠. 학원 가기 전에 매일 뛰고, 엄마한테 졸라서 피부과도 가고, 지금은 나름 용 됐어요. 친구한테 부탁해서 오빠 생일에 친구랑 갔거든요. 그래서 선물하고 같이 놀고, 휴대폰 번호 교환해서 문자 주고받다가 2주 만에 사귀게 됐어요. 한 2주는 학원도 같이 가고 주말에 놀러도 다니고 좋았는데, 한 한 달 지나니까 오빠가 슬슬 연락이 뜸하더라고요. 전에는 문자 보내면 답문 바로 왔는데 세 번에 한 번 오고 다섯 번에 한 번 오고. 말로는 대학 가려면 공부해야 된다고 하는데 아무래도 그게 아닌 것 같더라고요. 저한테는 그냥 일방적으로 문자로 깼어요. 너무 놀라서 친구를 족쳐보니까 한 살 많은, 그러니까 저보다 두 살 많은 언니랑 요즘 만나는 것 같대요. 저희 학교 다니는 건 아니고 딴 학교 고3인데 그냥 취직할 거라 고3 생활 하지도 않거든요. 오빠 싸이 들어가서 그 언니 사진을 봤는데 저보다 키도 크고 날씬하고 좀 섹시한 스타일이더라고요. 남자들은 섹시한 스타일에 환장한다면서요. 아무래도 저도 너무 어린 티 나는 것 같아서 지금 다이어트를 하고 있는데 힘들어 죽겠어요. 그래도 지금만 참고, 날씬하고 예쁘고 섹시해지면 오빠가 저를 다시 돌아볼 거라고 믿고 있는데요. 저에게 힘 좀 주세요.

A3 평범한 남자에게 목숨 걸지 마라

저도 중·고등학교 때 통통한 제 자신이 싫어서 다이어트를 했죠. S양처럼. 그리고 예쁘고 섹시해지면 이 세상의 모든 남자들이 내 앞에 무릎을 꿇지 않을까 하는 허망한 꿈을 꿨습니다. 이거 참 부끄럽군요. 하지만 중·고등학교 때 다이어트를 해서 절대 빵빵한 가슴을 가질 수가 없게 되었고 아무래도 키도 더 클 수 있었는데 안 큰 것 같아요.

 S양은 그 모든 걸 다 포기할 만큼 그 오빠가 좋습니까? 가슴 절벽 땅꼬마가 돼도 좋겠습니까? 설령 고단한 수련으로 버들개지 같은 몸매를 갖게 된다 한들 그런 오빠는 나중에 한채영 같

은 여자가 나타나면 또 순식간에 그녀로 갈아탈지 모릅니다. 많이 당해봐서 하는 소리랍니다.

쉽게 얻은 건 쉽게 간다는 말이 있지 않습니까. 몸매로 얻은 놈은 다른 몸매 때문에 가게 마련이죠. 그 남자, 당신이 절벽 땅꼬마가 돼도 좋을 만큼 가치가 있습니까?

대부분의 남자는 그럴 가치가 없죠.『사소한 일에 목숨 걸지 마라』라는 책처럼 이야기해볼까요? 이것이 아가씨들을 위한 연애의 법칙입니다. 첫째, 평범한 남자에게 목숨 걸지 마라. 둘째, 모든 남자는 다 평범하다.

근데, 어쨌거나 당신 맘대로 하세요. 언니는 열아홉 살 이후 늘 매우 바쁘게 연애를 했고 그만큼 남의 연애에도 참견해왔지만, 연애 문제가 있을 때 남 말 듣는 사람은 한 명도 못 봤습니다. 머리로는 맞는 소리 같고 '이거 그만둬야겠다, 완전 바보짓이다' 싶긴 한데 도저히 몸이 안 따라주고 '어, 어, 어' 하다 보니 끌려가는 삽질, 속상해서 미치겠어도 그게 연애인 거예요. 하고 싶은 대로 하세요. 살 쫙 빼서 소녀시대 멤버가 돼서 그 남자를 찾고 싶으면 시도해보는 거고, 제발 내 맘을 받아달라고 애걸복걸하고 싶으면 그렇게 하는 거예요. 다만, 쪽팔려 하지만 마세요. 이것이 가장 중요합니다.

연애의 정수는 추억입니다. 사실 남는 것은 뭣도 없거든요. 하지만 모든 기억이 추억이 되는 것은 아니지요. 기억이 추억이 되기 위한 자격을 획득하는 건 아름답고 재미있는 기억일 경우죠. 처절하게 삽질하고 바보 짓했던 부끄러운, 쪽팔린 이야기는 아무리 오랜 시간 묵히더라도 예쁜 추억이 되어주지 않아요. 제일 중요한 건 삽질이 아니라 '부끄러워'하는 거예요. 닥치는 대로 하고 싶은 대로 하되, 단 하고 싶은 대로 했다는 것을 창피해하거나 자학하지 마세요. 그것이 가장 해롭습니다.

〔덧붙임〕 남자의 마음에 가장 오래 남는 여자는 그 남자한테 제일 잘해줬거나 제일 예쁜 여자가 아니에요. 가장 잔상이 뚜렷한 여자죠. 제일 예쁜 여자의 기억이 가장 강렬한 건, 절대로 아닙니다. 앞으로는 좋아하는 남자의 마음에 어떻게 가장 강한 인상을 새길지, 가장 뚜렷하게 남을지, 그것을 공부해보세요. 의외로 쉽답니다. 단 그것은 혼자 연구하세요. 이 공부야말로 피가 되고 살이 될 테니까요. 그 녀석이라고 별거 있겠어요? 그래봤자 어린 남자 녀석이지.

Q4 여친이 자꾸 방귀를 뀌어요

처음 한 번은 실수였어요. 전철 안이었는데 여친이 너무 창피해하더군요.

그래서 저는 '나는 괜찮다'는 식으로 손잡고 옆 칸으로 데리고 가주기도 했어요.

그리고 그다음에도 간간이 그런 적은 있었지만 애교로 넘어갔고 저도 뭐 그런 걸로 쫀쫀하게 문제 삼고 싶지 않았어요.

그런데 문제는 요즘이에요. 요즘은 완전 재미 붙였어요. 먼저 입으로 '뿡!' 하고 뀌지를 않나 엉덩이에 뭐 묻었나 봐달라고 해서 보면 뀌지를 않나. 극장에서도 그냥 앉은 채로 뿡 뀌고. 냄새도 나고 애가 나를 뭘로 보나 싶기도 하고 여자로도 안 보이고. 참을 만큼 참았어요. 그런데 어느 날 같이 밥 먹을 때였어요. 엄마가 저녁 차려주시고 나가서 동생들이랑 같이 먹고 있었거든요. 아무 말도 없이 뀌고는 냄새 나는데 미안하단 말도 없이 뻔뻔하게 밥만 먹고 있는 거예요. 동생도 있는데……. 그래서 제가 밥숟갈 집어던지고 "야, 너 가!" 했어요.

여친도 무안했겠지만 어떻게 그런 행동을 할 수 있는지 이해가 안 돼요. 결국 여친은 얼굴이 벌게져서는 화를 내고 가더군요. 여친이 제게서 정을 떼려고 하는 걸까요, 아니면 제가 너무 편해서 그런 걸까요. 그리고 "너 가"라고 말한 저는 치사한 건가요.

지금 일주일째 연락도 안 하고 있는데 이렇게 헤어지는 건가 싶기도 하고요.

이렇게 헤어진다는 게 말이 되나요? 참고로 여친은 방귀만 빼면 너무 사랑스럽거든요.

A4 난 너의 방귀마저 사랑스러워!

누군가를 좋아하게 되면, 정말 이 사람이 나를 좋아하는 게 맞는지 계속 확인하고 싶죠.

정말 이 사람이 나의 모든 것을 받아줄까, 사랑해줄까, 하는 생각이 들고. 근데 이렇게 말만 하면 굉장히 낭만적으로 들리지만, 사실 그런 마음을 직접 확인하려고 할 때 나오는 말과 행동 같은 건 한도 끝도 없이 유치해지게 마련이에요. 그건 남자나 여자나 마찬가지죠. 이를테면 "너네 엄마랑 나랑 동시에 물에 빠지면 누굴 먼저 구할 거야?" 같은 말도 안 되는 질문을 하거나 "정말 날 좋아하면 이거 해봐" 혹은 "이거 하지 말아봐" 하는 식으로 억지를 부리면서 말이에요. 그건 누가 인격이 되고 못되고, 착하고 나쁘고의 문제가 아니에요. 단지 연애가 무엇인지, 사랑이 무엇인지 알 만한 경험이 있는가와도 관계가 있고 또 무엇보다, 인간은 누구나 약하고, 또 그렇기 때문에 어떤 누군가가 자신을 100% 있는 그대로 받아들여주기를 원하는 가련한 존재이기 때문이죠.

아마 당신의 여자 친구는 자신을 100% 받아들여 줄 수 있는지 시험하는 리트머스 시험지로 하필이면 '방귀'를 택한 것 같군요. 밝은 면이 하나 정도는 있어요. 당신이 자신을 사랑하는지 끊임없이 확인하고 싶을 만큼 당신을 사랑하고 있다는 거. 문제라면, 그냥 좀 철이 없다는 거죠. 여자 친구는 당신에게 '응석'을 부리고 있는 거예요. "이래도 날 사랑해? 이래도 날 사랑하지?"라는 거죠. 음, 소녀다운 유치함도 있군요. "내 남자 친구는, 최고야. 내가 이렇게 방귀를 뀌어도 아무렇지도 않아한다고."

아마 그녀는 제일 처음 지하철에서 방귀를 뀌고 어쩔 줄 몰랐을 거예요. 당신도 그 모습은 봤겠지만. 그때 당신은 매우 어른스럽게 괜찮다며 옆 칸으로 손을 잡고 데려가주었어요. 낄낄거리거나, 놀리거나, 냄새가 지독하다고 무안을 주지도 않았죠. 정말 의젓한 모습이었어요. 남인 내가 봐도 그런데, 하물며 당신을 좋아하는 당신의 여자 친구는 얼마나 감동이 컸겠어요?

여자 친구가 완전 재미 붙였다고 했죠? 여자 친구가 재미를 붙인 건, 방귀를 마구 뀌어서 당신을 당황시키고 그 모습을 보는 게 아니에요. 그녀가 재미를 붙인 건 이렇게 다소 흉하고 지저분한 일을 해도 당신은 다 받아준다고 느끼는 기분이에요. 무슨 짓을 해도 이 사람은 나를 100% 받아준다, 라는 그 기분을 느끼는 것에 재미를 붙인 거죠. 그녀라고 동생들 앞에서 악취 나는 방귀를 뀐 게 뭐 자랑스러운 일이 아니라는 것 정도는 알 거예요. 조금 비뚤어진 방식이지만, 그녀는 당신을 믿고 있었고 또 그 믿음을 확인하고 싶었던 거겠죠. "분명히 내 남자 친구는 이해해줄 거야"라면서.

그런데 그토록 믿었던 당신이 밥숟갈을 던지면서 그녀의 어린애 같은 믿음을 박살 냈어요. 그녀는 얼굴이 벌게지면서 화를 내고 갔어요. 그녀가 화를 내는 건 당신의 인격에 화를 내는 것도 아니고, 당신이 너무 편해서 그런 것도 아니에요. 그저 지금까지 철석같이 믿었던 그 어린애 같은 믿음, 자신이 믿고 있던 사랑의 고귀함에 손상이 간 것이 견딜 수 없는 거죠. 뭐 그렇다고 당신이 나쁜 건 아니에요. 화가 날 만하죠. 누구라도 화가 날 거예요. 방귀를 좋아하는 사람이 어디 있겠어요. 어린애 같은 건 처음 한두 번은 귀엽지만 그 귀여움은 영원히 지속될 수 없는 것이고, 무엇보다 그녀는 어린애가 아니니까요. 철딱서니 없는 게 뭐 자랑도 아니니까.

하지만 그렇다고 당신이 밥숟갈 던지면서 화낼 것까진 없었어요. 무엇보다, 그건 난폭한 방식이니까. 난폭한 커뮤니케이션 같은 건 없어요. 더군다나 서로 좋아하는 사람들 사이에서는.

그녀를 정말로 좋아한다면, 밥상 앞에서, 동생들 앞에서 무안 준 거, 밥숟갈 던진 거 미안하다고 사과하세요. 그리고 이야기 하세요. "난 니가 방귀를 뀌든 안 뀌든 널 좋아한다. 하지만 니가 내 당황하는 모습을 보면서 즐긴다거나 나를 남자로도 안 보고 지나치게 편하게 여기고 있다고 생각하면 너무 섭섭하고 속상하다. 이런 내 마음 좀 알아줬으면 좋겠다" 하고 탁 터놓고 이야기를 하세요. 앞에는 이걸 꼭 붙이고요. 뭘 붙이냐고요? "물론 난 니가 방귀를 뀌든 안 뀌든 너무너무 예뻐……" 하는 말이죠. 누나 말 한 번 믿어봐요. 그래도 안 된다면, 인연이 안 되는 거죠. 아니면, 확 달려요. 그녀의 방귀까지도 미친 듯이 사랑해버려요. "아이고 방귀도 예쁘다~"라면서 거짓말을 마구 하세요. 그러면 그녀는 이제 시들해져서 다른 걸 시작하겠죠. 뭐, 적어도 방귀는 몰아낼 수 있잖아요?

Q5 남친네 집이 너무 가난해요

저도 뭐 부자는 아니지만 다른 친구들 받는 만큼은 용돈 받고요. 부족하지는 않아요. 물론 2인분을 계산하려다 보니 조금 빠듯하기도 하지만요. 여하튼 둘이서 만나게 되면 아무래도 돈을 쓰게 마련인데 대부분을 제가 내고 있어요. 사실 조금 서운하기도 하지만 뭐 좋아서 만나는 거니 어쩌겠어요. 그런데 문제는 남친이 저 만나는 걸 꺼린다는 거예요. 정말 절 별로 보고 싶어 하지 않는 건지, 데이트 비용 때문인지. 말로는 자기가 해줄 수 있는 게 없어서 그런다고 하지만 전화도 문자도 제가 더 많이 하거든요. 남자는 정말 좋아하는 여자한테는 다르다고 하는데 저를 그만큼은 안 좋아하는 건가 싶기도 하고요. 친구들 말로는 신문배달을 해서라도 데이트 비용을 대는 게 남자다, 공짜로 밥 사주고 영화 보여주고 하니까 남친으로서야 아쉬울 게 없지 않느냐, 뭐 이런 얘기들도 하니까 남친이 절 좋아하는 걸까 의심도 들고요. 또 만나면 그냥 공원에서 얘기하다가 조금 있으면 들어가자고 하고, 돌아다니면서 구경하다가도 다리 아프니까, 배고프니까 들어가자고 하고……. 뭐 이러는데 저는 둘이 하고 싶은 게 많거든요. 영화도 보고 놀이동산도 가고…….

우선 친구들이 말하는 그런 노력들이 없는데 제 남친은 절 좋아하기는 하는 걸까요?

그리고 데이트 비용이 문제라면 어떻게 해야 남친의 자존심을 건드리지 않으면서도 제가 원하는 데이트를 할 수 있을까요?

A5 세상에 공짜는 없다

그런 속상한 마음, 충분히 알 만해요. 저도 더 저보다 어리거나 돈이 없는 남자 친구를 만날 때 참 힘들었거든요. 남들 하는 대로 맛있는 것도 먹고, 영화도 보고, 데이트도 하고 싶은데 그런 데이트를 하려면 돈이 들게 마련이고, 근데 걔는 돈이 없고, 내가 하고 싶으니까 가려운 놈이 긁어야 된다고 내가 돈을 내야 되고, 그러다 보면 어느 순간부터 '쟤는 공짜니까 참 좋겠다, 쟤는 내가 돈 다 내니까 어지간히 내가 좋겠지, 나라도 나 같은 애 만나겠다'라는 것부터 별별 생각이 다 들죠. 근데 주변 친구들을 잠시 휘둘러볼작시면 돈 많은 오빠 만나서 비싼 레스토랑에서 밥 먹기도 하고 예쁜 거 선물받기도 하고 공주 취급받는데 나는 이게 뭔가 싶으면 빛의 속도로 우울해지죠. 그러다 보면 '나는 속물인가, 내가 나쁜 아이인가'라는 생각이 들다가 나한 테 이런 생각까지 하게 만드는 남친 참 밉고. 근데 이건 누가 나 쁜 게 아니라 자본주의 때문이에요.

자본주의는 우리의 굶주림과 열패감과 열등감을 야금야금 갉 아먹고 성장하거든요. 돈이 없으면 재미있게 못 놀 것처럼 생각 하게 만들고, 돈이 없으면 한없이 불행할 것처럼 초조하게 만드 는 게 자본주의의 본질이거든요. 근데 우리는 이 자본주의 안에 살고 있으니, 순응하든지 이겨내든지 해야죠. 나는 당신과 남자 친구가 순응하지 말고 이겨냈으면 좋겠네요.

순응하려면 그냥 그대로 만나다가 불만에 차서 헤어지면 돼 요. 그러면 남자 친구는 돈 없는 놈은 연애도 못 한다는 열패감 에 빠질 거고, 당신은 앞으로 돈 없는 놈은 만나면 안 되겠단 생 각에 상처를 입겠죠. 이건 둘 다에게 좋지 않아요. 그럼 뭐가 둘 다 이기는 길일까요?

제일 좋은 건, 돈 없이 노는 법을 익히는 거예요. 돈을 가지고 재미있게 노는 건 지갑만 빵빵하면 개나 소나 할 수 있지만 돈 없이 재미있게 노는 건 정말로 아무나 할 수 없는 대단하고 특 별한 일이에요. 머리가 좋고 매력 있는 사람들만 할 수 있는 일 이죠. 이 연습은, 비단 연애뿐 아니라 앞으로 당신의 인생에도 힘이 됩니다. 돈으로 살 수 있는 것은 손쉽게 재미를 누리는 거 지만, 돈 없이 재미있는 건 힘센 추억이 돼요. 그러니 당신이 돈 을 쓰는 것이 당신을 슬프게 만드는 행위가 되어버린다면, 돈을 쓰지 말아요. 남자 친구에게도 당신이 돈 쓰는 것이 당연하다고 생각하게 하진 말아요. 그리고 꼭 돈을 써야 되는 경우에는 그 애에게 돈 이외의 다른 걸로 지불하게 하세요. 업어주기, 데려다주기, 숙제해주기, 물 떠다주기…… 뭐든지. 치사해요? 세상이 원래 치사한 거랍니다.

돈 없이 노는 거, 남자 친구랑 머리를 맞대고 연구해봐요. 하지만 그 애가 "어차피 난 돈도 없고…… 그런 거 연구한다고 뭐가 있겠냐"며 시들하게 군다면, 그렇게 젊은 나이에 패기 없는 녀석 따윈 차버려요 물론 여기서 제일 편한 길은 돈 없는 남자 친구를 차버리고 형편 비슷한 애 만나고 사귀는 거지만, 그것보단 힘들여서 손에 얻은 추억이 훨씬 더 힘이 세다고 언니는 말할 수 있답니다. 죽어라 연구해봐요. 우리 뭘 하면 돈 없이 재밌게 놀 수 있을까요? 없을 거 같죠? 있어요. 그래서 돈이 전부라고, 돈이 있어야만 즐겁다고 느끼게 만드는 이 체제에 깜찍한 젊음으로 멋진 어퍼컷을 날려요. 돈이 참 사람을 더럽고 치사하게 만들죠. 하지만 기억하세요. 모든 걸 다 가질 수는 없습니다. 그리고 세상에 공짜는 없답니다. 남자 친구가 뭐든 사주는 것처럼 보이는 다른 친구들 너무 부러워하지 마세요. 부러운 마음은 잘 알아요. 하지만 꼭 기억할 것. 내가 어리고 사랑스럽고 예쁘다는 이유로 공짜로 뭔가 받게 될 것 같지만, 절대로 공짜는 없어요. 뭐든 대가를 치르게 돼요. 대가 없이 오는 사랑은 부모님의 사랑밖에 없고, 때로는 그 대단한 부모님의 사랑도 공짜가 아닐 때가 있어요. 제일 중요한 건, 남자 친구와 무릎을 맞대고 이야기하는 거예요. 서로 눈을 똑바로 보면서, 기분 상하거나 체면 차리려고 있는 이야기 안 하고 피하고 그냥 슬쩍 돈 내버리고 남자 친구는 그거 쳐다보고 있고 하는 거, 그만두고 이야기를 하세요. 그게 시작이랍니다.

Q6 그녀가 연락을 받지 않아요

안녕하세요. 저는 현재 고등학교 2학년생입니다

　사실 제가 중학교 때부터 짝사랑하던 애가 있었는데요. 그땐 제가 너무 병신같이 소심했던지라 말도 제대로 못 붙여보고 졸업을 했어요. 그래서 싸이 주소도 몰랐고 사람 찾기 검색을 해도 사진을 제대로 볼 수가 없더라고요 휴대폰 번호도 몰라서 연락할 방법을 찾을 수가 없었죠. 걔는 버디도 안 했어요 그러다 우연한 기회에 그 아이 집 전화번호를 알아내서 최근에 겨우 연락을 했는데요. 휴대폰 번호를 알고 끊었는데 걔가 3~4일을 문자도 씹고 전화를 하면 신호는 가는데 순간 뚝 끊겨버리는 거예요. 고민고민하다 다시 집으로 전화를 했는데 그 여자 애의 할머님 되신다는 분이 전화를 받아서는 "너 누구냐"고, 친구라고 했더니 친구라는 놈이 이렇게 늦은 시간에 전화를 거냐고, 다신 전화하지 말라면서 화를 내시더니 뚝 끊더라고요. 얼마나 무서웠는지 모릅니다 ㅜㅜ 놀라서 멍하게 있는데 갑자기 다시 전화가 걸려오더라고요. 그런데 공부하는 애한테 왜 자꾸 전화 거냐고, 휴대폰으로도 귀찮게 하지 말라고 말하더라고요. 아마도 휴대폰이 그 애 할머니 손에 들어가 있었나 봅니다. 동창이라고 해도 별로 들은 척도 안 하시고요. 전 어떡하죠? 2년 동안 보고 싶어하다가 겨우 용기를 내서 연락을 했는데, 휴대폰은 할머니 손에 있고 집으로는 전화할 수도 없을 것 같네요. 정보화 시대라고 하는데 이 시대에 이런 일을, 그것도 하필이면 제가 이런 드라마 같은 상황에 빠질 줄은 몰랐습니다. 그러고 나서 일주일이 다 돼가네요. 어떻게 해야 할까요?

그리고 덧붙이자면, 걘 이미 남자 친구가 있다고 하더라고요. 한창 좋은 때인 것 같은데 저는 같은 반이긴 했지만 그 애한텐 그냥 '같은 반 애' 그 이상도 그 이하도 아니었을 거예요. 그때도 제가 연락하니까 굉장히 놀라는 눈치던데 연락에 겨우 성공한다 해도 그 애에게 부담만 주지 않을까요? 오히려 더 멀어질 수도 있을 것 같아 걱정입니다.

A6 나를 사랑하지 않는다는 사실을 인정하라

To. 순정소년

안타깝겠군요. 순정소년 군의 애타는 마음이 이메일 너머로도 느껴집니다.

지금 가장 중요한 것은 뭐든 확실히 판단하는 것, 그리고 아는 것입니다. 먼저 순정소년 군이 지금 가장 원하는 것은 무엇인가요? 순정소년 군은 일단 그 소녀를 굉장히 좋아하죠. 스스로를 '병신처럼' 소심했다고 말할 정도로 조용한 소년이지만 마음속으로는 매우 열렬하게, 중학교 때부터 그 소녀를 계속 좋아했습니다. 하지만 말도 못 붙여봤죠. 당신이 그런 그녀에게 몇 년 만에 용기를 내어 하고 싶은 이야기는 무엇인가요? 먼저 이게 확실하지 않으면 이 이야기는 진전되지 않아요. 사귀고 싶다고? 아니면 그냥 어떻게 지내는지 궁금했다고? 알아주거나 응해주지 않아도 널 좋아한다고? 그냥 그 사실만 말하고 싶었다고?

　어쨌든 그렇게 중학교 시절은 끝났고, 순정소년 군과 그 소녀는 이제 고등학교 2학년. 함께 학교를 다녔던 중학교 시절, 말도 못 붙여봤다면 소녀는 당신을 모를 가능성이 꽤나 크군요. 하지만 소심한 순정소년 군은 용기를 내서 연락을 하여 집 전화번호를 알아냈습니다. 그리고 휴대폰 번호를 알게 되어 그녀에게 전화를 했습니다. 하지만 문자를 아무리 보내도 씹히고, 전화를 받으면 바로 끊어버려요. 고민고민하다가 집에 다시 전화를 했더니, 이번에는 통화도 못해본 건 물론이고 공부하는 애 건드린다고 할머니한테 된통 혼나기까지 했어요. 순정소년 군은 고민하며 "그녀와 연락할 방법이 없다"고 말했지만, 순정소년 군, 대부분의 사람들은 이런 경우에 그녀와 "연락이 안 된다"고 표현하지 않습니다.

　그녀가 "전화를 안 받는다"고 말하죠.

　하지만 우리는 아직 완전히 좌절하지 않고 있습니다. 왜냐면 할머니가 휴대폰을 가지고 있을지도 모르니까요. 그런데 말입니다. 이게 완전히 희망이 될 수 없는 이유가 있어요. 그건 100% 순정소년 군의 추측이기 때문이죠. 순정소년 군은 '할머니가 휴대폰을 가지고 있다'는 사실을 완전히 단정하고 이게 '드라마 같은 상황'이라 말하며 곤란해하지만, 두 번째로 우리가 확실히 알아내야 할 것은 바로 이 사실이에요. '그녀가 휴대폰을 쥐고 있는 건 아닐까'라는 것이죠. 만약 할머니가 가지고 있었다면 문자를 씹은 거나 전화를 그냥 받고 끊은 거나 모든 것을 호랑이 같은 할머니의 소행으로 돌릴 수 있어요. 그럼 이걸 무슨 짓을 해서라도 알아내야죠. 가짜 전화를 걸어버려요.

여기는 학원인데 ××× 학생 전화 맞냐거나, 참고서를 주웠는데 이름이랑 전화번호가 써 있었다거나. 어떻게 해서든 그걸 알아내세요. 그런데 그녀가 휴대폰을 가지고 있다? 그러면 게임 끝인 거죠.

깨끗하게 받아들이세요. 나는 누가 좋은데 그 누구는 날 싫어한다. 차라리 죽으면 죽었지 이걸 인정하는 건 기분 더럽죠. 하지만 순정소년 군, 이걸 인정할 수 있는 순간 당신은 앞으로 더 멋있는 남자가 됩니다. 그녀가 날 좋아하든 말든 한 번이라도 연락해보고 싶다면, 문자니 버디니 집 전화니 하는 '찌질이' 취급받기 쉬운 소심한 접근 말고, 한 번 질러버려요. 고급 초콜릿을 배달시키든지, 꽃을 선물하든지, 뭐든 좋아요. 한 번 대담해져봐요. 여자는 누구나 잠시라도 나를 여기가 아닌 다른 세계로 데려가줄 수 있는 남자에게 끌립니다.

왜 그렇게 많은 영화나 드라마에서 차를 꽃으로 가득 채우거나, 운동장에 촛불로 이름을 쓰거나, 바닷가에 자갈로 사랑한다고 쓰는 장면이 많이 나오겠어요? 그냥 보기에 예뻐서? 그렇지 않아요. 적어도 단 그 몇 초, 그 몇 분만은 이 범속하고 비루한 세계에서 충만한 연애로 가득 찬 완전히 다른 세계로 날아갈 수 있기 때문이에요. 우리가 살아가고 있는 곳이 워낙 풍진 세상이라, 그런 일이라도 없으면 도무지 견뎌낼 수가 없으니까요. 적어도 당신이 누구인지, 그녀를 좋아하는지 정도는 확실하게 각인시킬 수 있겠죠. 차이는 게 두렵나요? 그럼 하지 말고 계속 끙끙 앓는 거죠 뭐. 하지만 적어도 들이대고 차이고 깨끗하게 패배를 받아들이는 과정은 당신을 더 멋진 남자로 만듭니다. 그

리고 그녀에게도 추억을 만들어주는 거죠. 그녀는 앞으로도 내
내 자신에게서 여자로서의 매력이나 자신감이 스스로 떨어진다
고 생각될 때마다 자신에게나 다른 사람에게 으스대며 말할 수
있겠죠.

"나 이래 봬도 고등학교 2학년 때는 말이야……."

사실, 이런 재산을 만들어줄 수 있는 남자야말로 최고의 남자
죠. 누나는 그렇게 생각한답니다. 순정소년 군, 힘내세요.

4부

남성 여러분,
닥치고 들어봐요!

혼자만 하는 말은 그저 독백일 뿐

　　대화가 아니듯이 혼자만 하고 싶어 강요하고 혼자만 만족하는 관계는

마스터베이션 이상이 될 수 없을 터인데

　　　　계속 달라고 줄기차게 조르는 남자에게

　　"아, 이렇게도 간절히 나를 원하는구나" 하고

감동받을 여자는 하나도 없다. 절대로!

NO
NO
NO MEANS NO!

1. 'No means No'

미국의 성폭력 방지 관련 유인물에 'No means No'라는 구절이 있는데 곤란한 상황에 처해본 여자라면 누구나 공감할 것이다. 엄청나게 끈질긴 남자들이 같이 자자는 제안에 여자가 "싫다"고 답하면 그것을 그 말뜻 그대로 거부의사로 받아들이지 않는 경우가 종종 있는데 이럴 때 여자는 무척 난감해진다.

간혹 아직도 이런 남자들이 있는데, 여자가 "No"라고 했을 때 "여자가 싫다고 하면 그건 좋다는 뜻이지!"라며 제 좋을 대로 해석하거나 "내가 좀 더 조르면 통할 수도 있겠지"라거나 "지금은 싫지만 좀 있다가 좋다고 할 수도 있어"라는 식으로 엉뚱하게 해석하는 남자들이 다정하고 따뜻한 사랑을 나누기 원하는 대다수의 남자들을 망신시킨다.

성관계를 맺는 것을 완곡하게 '사랑을 나눈다'고 표현하는 이유는 관계를 갖는 것이 서로의 커뮤니케이션, 즉 몸으로 하는 대화이기 때문일 것이다. 혼자만 하는 말은 그저 독백일 뿐 대화가 아니듯이 혼자만 하고 싶어 강요하고 혼자만 만족하는 관계는 마스터베이션 이상이 될 수 없을 터인데 계속 달라고 줄기차게 조르는 남자에게 "아, 이렇게도 간절히 나를 원하는구나" 하고 감동받을 여자는 하나도 없다. 절대로!

"아, 지겨워. 진드기 같다"고 생각하거나 정말 귀찮아 한 번 관계를 가져주는 게 거절하는 것보다 쉬워서 울며 겨자 먹기로 잠자리를 하는 것은 정말 여자의 마음을 지치게 한다. 게다가 "나랑 자주지 않다니, 나를 사랑하는 게 아니야"라며 힐난하고 사랑이 식었다고 비난하는 남자는 정말로 치사한 남자다.

한술 더 떠 바람을 피우고 그것을 자신이 만족할 만큼 충분히 관계를 가져주지 않았기 때문이라며 바람의 이유를 여자에게 돌리는 남자는 더 치사하다. 오늘은 그다지 마음이 내키지 않는다는 여자의 "No"라는 대답에 섭섭한 티 안 내고 "하고 싶으면 꼭 말해"라고 다정하게 안아주는 남자라면 그녀는 영영 그 품을 떠나고 싶지 않을 것이다. 정 한 번 하는 게 목적이라면, 어쩔 수 없지만.

오빠들이여. 말 한 마디로 천 냥 빚 좀 갚아주오.

가끔씩 동방예의지국이란 말은, 낯간지러운 소리는 죽어도 못하는 사람들이 가득가득 모여 사는 나라라는 말과 동의어처럼 느껴질 때가 있다. 예의 바른 것과 무뚝뚝한 건 죽어도 다르거늘 아직도 이 땅엔 쓸데없이 선비들이 남아 있어 섬세한 우리 여인네들의 마음을 몰라주니, 어찌하면 좋을꼬!

다정하고 사랑스러운 말을 듣고 자란 야채들은 퉁명스런 말을 듣고 자란 야채들보다 훨씬 싱싱하고 건강하게 자란다고 한다. 하늘에서 내리는 하얀 눈도 그렇다. 육안으로 보면 모두 하얀 눈송이일 뿐이지만, 따뜻한 말을 들려준 쪽은 눈의 여왕의 머리 장식처럼 아름답고 화려한 모양새의 결정이 된다고 한다. 반면 거친 말을 들으며 내린 눈은 박살이 난 애처로운 모양의 결정이 된다니, 말 못하는 야채며 눈송이가 이런데 하물며 사람이야 어떻겠는가! '한 마디 말로 천 냥 빚 갚는다'는 우리 속담엔 조상들의 슬기가 담겼다 아니할 수 없다.

아직까지도 어떤 남자들은 애인에게 다정한 말 해주기에 너무 인색한데, 그들은 대부분 '민망하고 낯부끄럽다'라든지 오히려 큰소리를 떵떵 치며 '말 안 해도 내 맘 다 알지 않느냐'고 말하곤 한다. 하지만 이건 정말이지 큰 착각일 뿐. 말 안 하면, 죽어도 모른다. 이심전심 같은 거짓말은 없다. 말 안 해주면 모른다. 아무리 애인을 예쁘고 귀엽게 생각하든, 그걸 입 밖으로 내지 않으면 그녀 쪽에선 죽어도 모른다.

여자 친구에게 자꾸만 예쁘다고 말해주면 정말 예뻐진다. 넌 좋은 여자라고 자꾸만 말해주면 정말 더할 나위 없이 좋은 여자가 된다. 물론 진짜로 자기가 세상에서 제일 예쁜 줄 알고 공주가 되어버리는 부작용도 있지만…… 그녀가 싱싱하고 튼튼하게 자라기 위해서는 다정한 말이 최고의 영양제가 된다. 당신의 다정한 말은 원석 같은 그녀를 보석으로 연마해주는 마법이 된다는 걸 명심하고, 칭찬이라는 지팡이를 든 그녀의 마술사가 되어주시라.

드라마 〈풀하우스〉의 원작인 순정만화 『풀하우스』를 즐겁게 독파한 바 있다. 당시로서는 굉장히 세련되어 보이던 원수연의 그림체와 톡톡 튀는 대사 그리고 할리우드 배우와 평범한 한국 여성의 사랑이라는 키 170cm에 바람 불면 조금 흔들리는 마른 몸의 똑똑한 여자가 과연 평범한지는 잘 모르겠지만 꿈같은 설정은 당시 신세대들의 마음을 냉큼 사로잡았다.

여중고생들은 너도나도 주인공 엘리와 라이더 베이의 꿈처럼 황홀한 모습이 그려진 온갖 팬시 상품들로 책가방 안을 꽉꽉 채웠고 라이더 베이는 순정만화 킹카클럽의 정규멤버로 확고히 자리매김했다.

그 인기는 오늘날까지도 이어지고 있는데, 이유는 뭘까? 그가 엄청난 미남이라는 설정 때문에? 영국의 귀족가문이라는 휘황찬란한 배경 때문에? 아니면 외모 플러스 뛰어난 연기력으로 전 세계에서 알아주는 일류급 배우라는 명성 때문에? 이 모든 것은 오로지 부록일 뿐 개인적으로 만화 『풀하우스』와 라이더의 인기는 이 대사 한 마디가 아닐까 하고 생각한다. 그 대사는 다음과 같다.

작품에서 여주인공 엘리의 몸무게에 대한 이야기가 나오자 라이더는 엘리가 얼마든지 살쪄도 자신은 상관없다며 "난 그녀를 사랑하니까 그녀가 이 세상에서 차지하는 면적이 넓어지면 넓어질수록 좋다"고 대답한다. 바로 그 순간, 그는 이 세상의 모든 50kg 넘는 여자의 왕자님으로 등극하고야 말았던 것이다.

물론 보통 남자들의 마음이야 뭐, 자기 여자 친구가 너무 이 세상에서 많은 면적을 차지하면 몹시 부담스럽겠지만 텔레비전만 켜면 여자들보고 대꼬챙이가 되라고 강요하는 세상에서 '이렇게 자리 많이 차지해서 미안합니다'라는 식으로 주눅 들기 십상인 우리 여자들에게 저렇게 말해주는 남자야말로 진정 꿈속의 왕자인 게다. "나 많이 뚱뚱해?"라고 묻는 그녀에게 저 대사 한 번 쳐주면 만화나 베낀다고 눈을 흘기겠지만 그녀는 분명, 그 눈을 곱게 흘길 것이다.

남자가 여자 물건들을 너무 잘 알면 남자답지 않다고들 하지만 그렇지도 않다. 이것저것 화장품이나 옷을 그냥 아이쇼핑이라 해도 신나게 보고 있는데 "실컷 골라, 난 밖에서 기다릴 테니까" 하고 멀뚱멀뚱 밖에서 기다리는 남자는 여자의 분위기를 요만큼도 못 맞춰주는 남자라고 단언할 수 있다. 물론 "집에 쌓인 화장품은 썩었냐? 또 사게?" 하고 자기가 사줄 것도 아니면서 버럭 비꼬는, 여자의 로망을 흙발로 짓밟는 남자보다는 몇 등급 높지만.

화장품 가게에 갔다면, 립글로스를 발라보는 여자에게 "넌 얼굴이 희니까 핑크색이 예쁜 것 같아. 좀 화사하게 펄 들어간 걸로 해봐"라든가, "핑크색 계열은 많이 있으니까 이번엔 오렌지색으로 해보지그래" 하고 남자의 눈으로 정확하게 조언해주는 남자 친구가 있다면 우리 여자들의 삶은 얼마나 윤택해질 것인가. 물론 사주면 더 좋겠지만 우리도 양심이 있으니까 거기까진 바라지 않는다.

무조건 전지현스러운 생머리에 투명 립글로스만 바를 것을 강요하지 않고 때론 빠글빠글한 폭탄머리를 하고 싶어하는 여자 친구에게 "인생 별거 있냐, 해봐" 하고 말하는 남자 친구. 우리 여자들은 사실 그런 남자가 고프다. 하지만 반면에 이런 남자는 사절. "까무잡잡한 얼굴에 연핑크가 말이 되냐, 토인 같다, 야" 하고 지나치게 정확한 지적을 한다든가, 옷가게에서 피팅 룸에 들어가 조금 시간을 끄는 여자 친구에게 밖에서 큰 소리로 "그러니까 너 66 입어야 된다니까" 하고 핀잔을 준다거나 하는 남자는 '저런 눈치 같은 거 없어도 되는데!' 하고 이를 바득바득 갈게 만드는 것이다.

그러니까 남성 여러분, 여자들에게 지나치게 정확한 조언 같은 건 제발 삼가주시길. 그냥 옷이든 화장품이든 귀걸이든 "이게 예뻐 저게 예뻐?" 하고 그녀가 묻거들랑 "넌 뭐가 예쁜 거 같은데?" 하고 물어봐서, "난 이거……" 하면 "내 눈에도 그게 예쁘네" 해라. 인생, 의외로 뭐 없다.

2. 키스만 하고 째는 건 매너가 아니다

소크라테스는 키스를 일컬어 '마음을 빼앗는 힘센 도둑'이라고 표현했다.

도대체 어떻게 얼마나 강력하고 위압적인 절도범이기에 마음씩이나 빼앗아 가는 힘센 도둑이라는 것일까. 그만큼 훌륭한 키스는 여자들의 마음을 단숨에 빼앗는 마법 같은 존재라는 이야기일 터. 그렇다면 어떻게 해야 괴도 루팡처럼 훌륭한 도둑이 될 수 있는 것일까. 아무래도 그것은 화려한 방법론이나 수백 명의 여인과 키스해본 후에야 터득할 수 있는 끝내주는 테크닉이 아니어도 될 것 같은데……. 그 사실은 다음의 설문조사 결과를 보면 알 수 있겠다. 여자들이 로맨틱하다고 생각하는 키스를 모처에서 조사한 결과라는데 믿거나 말거나는 그대의 재량이다.

1. 키스 후 이마나 볼에 살짝 뽀뽀해줄 때-950명

2. "사랑해"라고 조그맣게 속삭일 때-577명

3. 키스 후 부드럽게 바라보며 웃어줄 때-502명

4. 허리를 감싸 안을 때-442명

5. 얼굴을 어루만지며 이마에 뽀뽀한 후 키스할 때-409명

6. 한 손은 머리, 한 손은 어깨를 감쌀 때-342명

7. 꼭 껴안고 등을 쓰다듬어줄 때-327명

8. 머리카락을 어루만져줄 때-324명

9. 그가 45도 각도로 고개를 돌려서 턱 선이 보일 때-196명

10. 뒤에 서서 내 앞으로 고개를 돌리며 할 때-173명

전반적으로 살펴보면 키스만 하고 째는 건 매너가 아니라 하겠다. 섹스를 할 때도 무조건 무식하게 삽입 후에 열심히 욕심만 채우고 마는 건 바람직한 남녀상열지사의 매너가 아닌 것처럼 키스를 할 때는 훨씬 더 능동적이고 부드러운 매너가 필요하다. 일단 여기에서 나타난 여성들의 취향은 역시 '다정한' 것이라 아니 말할 수 없겠다.

입만 떼고 모른 척하는 남자, 절대로 곤란하다. 남성 여러분, 등이든 허리든 얼굴이든 뭐든 상관없으니 일단 감싸고 보자. 모른 척하지만 마라. 우리 여자들은 생각보다 엄청 소박하다.

당신들이 잊지 말아야 할 것은 바로 그것! 키스를 했든 섹스를 했든 향후에 모른 척하지만 말라는 것. 여자 입장에서는 그게 제일 열받으니까. 고백을 했든 키스를 했든 섹스를 했든 한번 안아주기만 하면 일단 먹고 들어간다.

그렇담 이제 쾌감을 극대화시키는 키스 보조요법에 대한 과외 시간!

주위에서 채록한 민간요법들로 실험해보고 자신에게 맞는 방법을 사용하면 되겠다. 단 부작용은 책임지지 않는다.

사과를 먹고 키스하기. 너무 달지도 시지도 않은 달콤한 과즙의 맛이 입 안에 배어 있어 저절로 달콤한 키스를 만들어준다. 더군다나 사과는 입 냄새를 없애주고 입 안의 찌꺼기를 없애주는 역할도 하므로 더욱 깔끔한 느낌의 키스를 만들어 여성들에게 인기가 최고라고. 여자 친구가 딸기 맛을 좋아해도 딸기는 비추천. 일단 씨앗이 거치적거린다! 아쉽지만 씨 없는 딸기가 발명될 때까지 스트로베리 키스는 참자.

또 하나 인기 있는 과일은 레몬. 레몬의 신맛에 달콤한 타액이 많이 분비되고 입술 힘이 좋아져 탄력 있는 키스를 할 수 있다.

키스 테크닉을 연습하고 싶다면 기다랗게 꼭지가 달려 있는 체리를 선택할 것. 입 안에 체리를 물고 혀로 체리 꼭지의 매듭을 지을 수 있다면 진정한 키스의 카사노바라는데. 이 조언을 듣고 왕성한 실험정신을 가지고 체리로 시도해보았지만 체리 꼭지로 매듭짓는 건, 엄청 어려웠다. 과연 이 체리 꼭지로 매듭 지을 수 있는 남자가 있다면 정녕 혀를 자유자재로 움직일 수 있는 남자임에 분명하다.

달콤한 맛보다 상큼하고 청량한 키스를 하고 싶다면 파슬리 잎을 먹은 후 키스하면 된다. 파슬리는 민간요법으로 입 냄새 제거제로 활용될 만큼 구취를 제거해주는 기능이 뛰어나고 입 안을 상쾌하게 해준다.

이제는 입맛에 맞는 것을 골라 냠냠 먹고 그녀의 입술을 살짝 훔치는 것만이 남았다. 체리 키스든, 파슬리 키스든, 애플 키스든 마음이 담긴 키스라면 뭐든지 그녀에게는 세상에서 가장 청량한 키스가 되겠지만!

3. 책 읽는 남자는 섹시하다

순정만화를 보면 평범한 소녀가 얼굴을 다 가리는 '배뱅이' 안경을 벗으면 끝내주는 미소녀로 변신한다는 설정이 밥 먹듯 등장한다.

사실 여자들이 이렇게 변신하기는 생각보다 쉽다. 통통한 여고생이 단것에 떡볶이만 끊고 스트레이트 파마라도 하고 조금 굽이 높은 구두에 예쁜 옷을 입으면 순식간에 부쩍 예뻐진다.

이런 변신은 여자만의 전유물이라고 여겼는데 가르치고 있는 한 남학생의 대변신을 목격하고는 확실히 다르게 느끼고 말았다. 아, 남자의 변신은 무죄였단 말인가.

광고 카피 그대로 '안경 하나 벗었을 뿐인데' 그는 평소의 다소 소심하고 자신 없어 보이는 유약한 인상의 소년에서 강한 시선을 가진 미소년으로 변신하고 만 것이다.

나는 그를 언제나 착하고 약간 오타쿠 성향을 가진 꼬마 녀석으로만 생각했는데 안경으로 가리고 있던 것뿐 그의 정체는 미소년이었다. 게다가 그는 여세를 몰아 그날 수업 후 다 같이 행차한 노래방에서 가리고 있던 강렬한 눈빛을 흩뿌리며 이승기의 '내 여자라니까'와 남진의 '둥지'를 멋지게 불러 젖혀 누나들의 마음을 뒤흔들고야 말았던 것이다.

남자들은 흔히 여자가 어느 날 평소와 다른 모습을 보일 때 가슴이 설렌다고 말하는데 우리 여자들도 그 점에서는 똑같다. 아무렇지도 않고 가구처럼 무덤덤해 보이던 사람이 갑자기 다른 모습을 보여주는 날 그는 여자들의 마음에 덜컥 남자로 변신하고야 마는 것이다.

그렇다고 평소에 얌전하고 주사 없던 사람이 술 먹고 나도 사는 게 괴롭다고 소리소리 지르며 깽판 치는 건 변신이 아니라 단지 추락일 뿐이니 이런 방법은 절대 피하시길. 평소에 입지 않던 과감한 옷 스타일을 시도해보는 것도 좋겠지만 오버가 두렵다면 일단 그 안경부터 벗어보든지.

<비포 선라이즈>에서 제시에단 호크 분는 그야말로 모든 여자들이 사랑할 만한 남자였다. 자칫 지저분해 보일 정도로 덥수룩한 수염조차 댄디해 보일 정도로 사랑스러웠던 건, 역시 전작 <죽은 시인의 사회>에서 보였던 풋풋한 소년티가 남아 있는 달콤한 외모가 있었기 때문임을 인정하지 않을 수 없다. "외모만 따지는 여자들 같으니"라고 비난해도 할 수 없다. 남성 여러분 역시 전지현과 조정린이 동시에 대시한다면 98%는 누구를 고를지 뻔하니까!

어쨌든 에단 호크의 제시는 <비포 선셋>으로 9년 만에 다시 돌아왔다. 그의 금발과 갈색이 섞인 반짝거리는 머리카락, 투명한 눈동자, 수줍지만 내숭 떨지 않고 섹시하지만 느끼하지 않은 용모는 역시 다른 모든 아름다운 사람들이 그랬듯 세월의 풍파에서 무사하지 못했다. 뽀얗던 뺨은 광대뼈가 분명히 드러나 보일 정도로 푹 파이고 왜소해 보일 정도로 야위어 영화 도중 언뜻언뜻 삽입된 <비포 선라이즈>의 장면 장면이 민망해 보일 정도로 신선한 미남 청년의 모습은 간 곳이 없었다.

그렇지만 그 제시라는 캐릭터의 매력만은 여전했는데 이 영화를 본 내 여자 친구들의 열렬한 이구동성에 그 매력을 나만이 느낀 것이 아님을 알았다. 우리의 의견인즉슨 "저렇게 여자 이야기를 80분 동안이나 열심히 들어주는 남자가 어디 있담! 하다못해 통기타 치며 노래하는 것까지 좋아 죽을 것 같은 표정으로 들어주잖아! 보통은 '이야기 같은 건 됐으니까, 9년 만이니 얼른 하자'는 이야기부터 한다고오오!"였다. 아, 슬프지 않을 수 없었다.

여기까지 한탄하다가 갑자기 헷갈리기 시작했는데 여자 이야기를 열심히 들어주는 게 좋은 남자인 걸까, 아니면 남자 입장에서는 좋아하는 여자 이야기는 시키지 않아도 열심히 듣게 되는 걸까. 이런 생각까지 하니 조금 울적해졌다.

남자와 여자의 관계를 가장 진전시켜 주는 것은 무엇일까. 섹스? 처음 보는 사람을 붙잡고 다짜고짜 섹스를 요구하는 건 교미나 다를 바 없다. 지나치게 기본적인 말이지만 남자와 여자의 관계는 대화로 진전되는 법. 이런 대화에서 소재의 선택은 매우 중요하다.

남녀 간의 대화는 감미로운 결투와 같다고 했는데, 루이 왕정 시대의 총사들이 쓸 법한 가느다란 검으로 검을 엮기도 하고 튕겨내면서 춤추듯 결투하는 영화의 장면을 볼 때 재기 넘치는 남녀의 날카로운 대화는 과연 결투에 비길 만하지 않을까 하고 생각했다. 남녀 간의 결투에서는 검 대신 멋진 대화의 소재가 각자의 무기가 되겠다. 이런 무기가 날이면 날마다 TV 드라마나 코미디 프로 이야기가 전부라면 정말이지 보기 초라한 결투 광경이 아닐 수 없다.

연예인 누구누구가 음주단속을 당했다는 둥 누구누구는 군대를 안 갔다는 둥 포털사이트의 초기화면 뉴스를 고대로 옮겨 놓은 듯한 화제도 지루하기는 마찬가지다. 〈비포 선라이즈〉의 제시처럼 하룻밤 내내 사랑이니 인생이니 열정이니 하는 이야기로 밤을 새운다 해도 참 골치 아플 노릇이지만 계속 "참 쉽죠잉~", "니들이 고생이 많다~" 같은 농담만 되풀이하는 남자

는 폼 나는 칼 대신 무딘 식칼을 들고 결투장에 온 장수인 셈이
니, 이런 남자와 결투를 벌이고 싶은 여자는 없을 것이다. 마치
밤낮 여배우 누구누구는 다 고친 거라는 험담을 늘어놓는 여자
도 꼴불견인 것처럼. ◎

　그러므로 남녀 관계를 진전시키기 위해서는 책을 읽자는 이
야기다. 그것도 돈 얼마 모으는 법, 부동산 어떻게 마련한다는
법 같은 처세술만 주구장창 읽고 있는 남자는 정말 매력 없다.
어딘가 궁하고 빈티 나 보인다. 어설프게 바바리코트 깃 세운 남
자보다, 책 읽은 후 잘난 척하는 것까진 아니더라도 자주 읽어
손때 묻은 자기만의 책 한 권 가진 남자가 진짜 남자가 아닐까.

4. 좋은 남자의 조건

✖ 무조건 예쁜 것을 선물하라

올해 크리스마스 선물을 못 받았다. 간 것 없이 무엇이 오기를 바라면 '뻔순이'라 해도 할 말 없겠으나 고운 선물 포장해 보내고도 돌아오는 것이 없으니 어찌 이 땅의 여인 된 입장에서 괴로운 일 아닐 수 있으랴. 그러니 심기일전해서 설날 선물까지 '따따블'로 받아낼 생각이다.

이 괴로움을 아랑곳도 않은 채 주위의 선량한 남성 여러분은 '크리스마스나 연말연시에 사랑스러운 여자 친구에게 어떤 선물을 해야 하느냐'는 질문을 하서서 본인의 염장을 무차별 찔렀으나 선량한 마음에 대답해드리겠다.

우선 어느 설문조사의 결과를 보자. 남성 여러분은 가장 받고

싶은 선물 1위로 키스를 꼽았으니 소박한 건지 엉큼한 건지 모를 노릇이다. 어쨌든 여자들이 받고 싶은 선물 1위는 '돈' 아니면 '상품권'이란다.

자아 보시라. 여자는 이런 동물이다! 돈을 밝힌다는 게 아니라, 당신이 직접 접은 종이장미나 종이학 같은 건 노생큐란 말이다. 있어봤자 집만 어지럽다. 게다가 이 불경기에, 뭐 하나라도 실질적인 도움이 되어야지 그런 건 땔감으로도 못 쓴다. 그렇다고 해서 '실질적인 것?' 하면서 더럭 김치냉장고를 안긴다면 그녀의 엄마나 좋아할 테니 이런 오버는 금물.

명품으로 카드 빚진 여자들이라면 잘 모르겠지만 여자는 정작 아주 사치스러운 건 잘 못 사는 동물이다. 이를테면 매일매일 발라야 하는 자외선 차단 성분이 포함된 파운데이션이라면 큰맘 먹고 한 번쯤 좋은 걸 구입할 수는 있겠다. 하지만 공주님이나 쓸 법하고 평소에는 절대로 못 쓸, 예쁘지만 필요하진 않은 립글로스, 뭐 이런 건 손을 발발 떨며 살 수가 없다는 것이다.

그녀가 제일 좋아할 만한 선물은 바로 이런 거다. 여왕님의 화장품 같은 향수, 하늘하늘한 시폰 톱, 휴대전화와 립스틱 하나 넣으면 아무것도 안 들어갈 것 같은 터무니없이 깜찍한 클러치백 같은 것들이다. 낭만적인 기념일이라면 그녀에게 쓸모없이 보이나 예쁜 선물을 해보라. 그 쓰잘머리 없음과 예쁨이 심하면 심할수록 잊지 못할 선물이 될 것이다. 도대체 왜냐고? 남성 여러분, 그것은 나에게 묻지 마시라. 어쨌거나 여자는 그런 동물이니까. 이해가 안 간다고? 그럼 숭배하기만 하면 된다. 그녀들은 당신에게 100배로 돌려줄 테니까. 여자는 그런 동물이기도 하다.

⊠ 붕어빵을 내미는 따뜻한 손

보통 조선 시대의 남성이라고 하면 아무래도 계층 가릴 것 없이 "에헴" 하고 주인 행세만 하려고 했다. 또 칠거지악이니 열녀문이니 해서 여자들을 숨통 트일 구멍 없이 꽉꽉 조여 막는 답답한 꼰대 이미지가 태반이다.

게다가 우리가 사극 등을 통해 본 옛 여인네의 모습 역시 대부분 그런 남자들과 대등한 관계를 맺는 일은 하늘이 쪼개져도 없고, 그저 '주상~ 대감~' 하고 콧소리를 내면서 다른 여자들을 짓밟고 베갯머리송사로 제 앞길과 제 씨앗의 미래를 탄탄하게 하려는 고민에만 골몰해 있는 그런 여자들이라, 옛 시대의 남녀 관계라 하면 일단 곰팡내부터 풀풀 난다는 게 솔직한 생각이었다.

그러던 차에 『조선의 여성들, 부자유한 시대에 너무나 비범했던』이라는 책을 읽고 신선한 충격을 받았다.

가난한 양반 집에서 풀죽이라도 쑤어 가족을 먹이기 위해 하루도 손을 놀리지 않았으되 여인의 몸으로 글공부에도 매진하던 강정일당 姜靜一堂, 1772~1832이 작고하자, 남편 윤광연이 아내를 그리며 쓴 글이 심금을 울린 까닭이다.

'나의 아내여, 나의 벗이여, 나의 스승이여. 부인, 내 그대를 잃었으니 참으로 막막하구려. (중간 생략) 설사 내가 뭘 잘못하는 것이 있어도 누가 바로잡아줄 것이며 내게 지나친 허물이 있어도 누가 타일러주겠는가?'

물론 강정일당은 남편 윤광연보다 여섯 살 연상이었으나 여자들을 천대하던 시대에 아내를 스승이자 나를 바로잡아주는 사람이라 할 수 있었던 윤광연 역시 보통 조선 남자는 아니었던 듯싶다.

말랑말랑한 트렌디 드라마에 익숙한 이 21세기 여인의 가슴을 울린 것은 안채와 사랑채에 기거하던 이 부부가 주고받은 짤막한 편지글이다. 때로는 남편이 서당의 아이들을 차별한다는 점을 정중히 지적하는 글도 있고, 그런가 하면 궁벽한 살림에 간신히 구한 저녁상을 올리면서 술 한잔 같이 올리지 못해 송구스럽다는 편지 등을 보면 몇 백 년 전 고어체 속에서도 뭉클한 다정함이 느껴졌다.

더구나 아내의 사후, 여자의 글은 집 밖으로 내보내지 않는다는 조선 시대의 관례를 깨고 윤광연은 당대의 문인들을 찾아다니면서 발문을 간청해 부인 사후 4년 만에 당당히 기적처럼 그녀의 이름으로 된 문집을 간행한 것이다. 강정일당의 헌신도 놀랍지만 그 헌신을 감사히 받아들일 줄 알던 윤광연 역시 기개와 아량을 갖춘 조선 당대의 매력남이라 아니 말할 수 없다.

살아남는 것 자체가 지상과제가 될 정도로 요즘 너나없이 어려운 세상을 살다 보니 '돈이 능력이고 능력이 매력'이라며 많이들 좌절한다. 예로부터 경제에 대한 책임을 지던 남자들이야 말할 것도 없고 여자들도 옛날처럼 속 편한 가정주부 노릇 같은 건 꿈도 못 꿀 정도로 그야말로 대한민국 온 인구가 억돌이 억순이가 되어 가나 보다. 그런 와중에 능력 없어서 미안하다고, 더 잘나지 못해 미안하다고 고개 숙이는 착한 남자 동무 여러분, 과연 세상을 쥐었다 놨다 하던 잘난 남자들이 자기 여자에게는 어땠는지 알아볼까요.

한때 세상을 '거의 지배할 뻔한' 남자 아돌프 히틀러. 오랫동안 애인으로 옆에 두던 에바 브라운과 결혼식을 올린 바로 다음 날 권총자살했다. 별나지만 로맨틱하다고? 천만의 말씀. 에바는 옆문과 뒤에 달린 계단 이외의 문은 쓸 수 없었고 손님이 오면 히틀러의 사진이 걸린 골방에 콕 처박혀 있어야 했다. 중병이 들어서 꼭 일주일만 온전한 관심을 받아보고 싶다고, 지옥에 떨어져도 여기보다는 나을 거라고 읊조리던 발랄한 아가씨는 히틀러 부인이 되자마자 자살을 강요당하게 된 것이다. 이게 그 대단한 남자가 자기 여자한테 한 짓이다.

히틀러는 히틀러니까 그랬을 거라고? 아직까지도 영원한 젊은이로, 숱한 티셔츠 위에서 수천 번 복제되는 체 게바라는 어떨까. 가진 것 없어 여자들 부모에게서 줄줄이 짤리고, 자기를 좋아하는 여자 친구의 보석을 저당 잡혀 제 방세를 낸 이 남자는 그녀 덕에 살면서도 일기장에 "그녀가 너무 못생긴 게 흠이긴 하지만 현재는 그녀하고 자는 수밖에 없지"라고 내뱉었다.

케네디도 만만치 않은 인물이다. 에드거 후버 FBI 전 국장은 그를 두고 '치마만 둘렀다 하면 무조건 같이 잘 위인이라는 것을 분명히 증명할 수 있다'고 말했다. 게다가 본격적인 섹스를 하기 전에 다정한 키스나 애무 등 전희에 대해서는 관심도 없고 귀찮아하기까지 했다니. 케네디, 국민들에게 국가를 위해 해줄 일을 먼저 생각하라더니 자기가 여자를 위해 뭘 할지는 생각 안

하고 여자가 자길 위해 해줄 것
만 생각했단 말이지!

　너무 잘난 남자들이 이렇
다. 그래서 잘난 남자 싫다는
게 아니라 너무 잘난 나머지 저렇게
사는 남자들보다는 차라리 품에 안고 뛰어온 붕어빵 한 봉지를
내미는 남자의 온기가 더 따뜻하다는 말씀이다. 그렇다, 그게
정말 남자의 매력이다.

▨ 자기만의 향기를 조향하라!

남자들이 가장 싫어하는 여자 스타일 중 하나가 '드라마 이야
기밖에 안 하는 여자'라는데 그런 쪽이라면 우리 여자들도 할
말 있다. 물론 우리는 TV의 시대를 살고 있지만 이야기하는 거
라고는 모조리 '분장실의 강 선생님'이 어쨌다느니 '달인'이 뭐
랬다느니 하면서 텔레비전 이야기밖에 안 하는 남자는 드라마
를 자기 이야기인 양 몰입해서 보는 여자만큼 볼썽사납다.

　비슷한 콘셉트로 읽는 거라곤 처세술 책밖에 없는 남자도 로
맨스 소설밖에 모르는 여자만큼이나 NG다. 적당하게 읽으면
모를까 다른 책은 본체만체하고 이십 대 삼십 대에 꼭 해야 할
일은 이런저런 거라느니 이렇게 저렇게 처신하라느니 하는 책
만 읽고 있는 사람은 자기 발전을 도모하는 게 아니라 오히려
처지가 서글퍼 보이기까지 하다. 아니, 독서가 뭐가 나빠서?

물론 독서가 나쁠 리 없지만 텔레비전 이야기나 처세술 책만 읽는 남자들이 서글퍼 보이는 결정적인 이유는 그 밍밍함 때문이다. 코미디 프로 이야기 말고 당신의 이야기를 들려줘요. 처세술 책에서 말하는 처세 말고 당신이 살아가면서 직접 경험한 처세는 뭐죠?

그야말로 텔레비전 시대에는 취향의 통일화와 몰개성화를 몰고 와서 '정말로 그 사람이 어떤 사람인가'에 대해서 오히려 쉽게 알 수 없다. 그리고 이런 통일화에 쉽게 휩쓸리는 남자는 매력남의 자격에서 1차 미달이다. 이를테면 텔레비전에서 본 이야기밖에 할 줄 모르고 아침형 인간 같은 트렌드에 쉽게 경도되며 이상형은 전지현이나 송혜교, 김태희에 소녀시대나 원더걸스밖에 없는 남자는 얼마나 지루한가.

강한 수컷을 선택하는 여자의 유전자적 본능은 이 첨단의 시대에도 변함이 없지만 이 시대의 여자들이 원하는 강한 수컷의 매력이 사냥감을 잘 잡아온다거나 힘이 세다거나 하는 것은 아닐 터.

요즘 시대의 여자가 본능적으로 택하게 되는 강한 수컷은 자기 냄새를 확실하게 피워 올릴 수 있는 남자가 아닐까 싶다. 이 몰개성의 시대에도 자기 냄새를 풍기는 수컷은 어디에서도 끈질기게 살아남을 수 있는 수컷이니까. 명확한 수컷 냄새. 여기가 내 영역이다, 하고 어필할 수 있는 그런 냄새. 그렇다고 사향 냄새 뿌리라는 게 아니니까 명심하시길.

과거는 잊어줘

인문학자 하랄트 바인리히가 쓴『망각의 강 레테』라는 책을 보다가 흥미로운 부분을 발견했다. 그것은 전 세계와 시대를 통틀어 최고의 바람둥이라 일컬어지는 카사노바에 관한 것.

카사노바라는 이름이 갖는 유명세에 비해 우리가 그에 대해 알고 있는 것은 몇 가지 단편적인 작업 비결이 전부다. 이를테면 초콜릿의 최음 효과를 일찍이 간파하고 마음에 드는 여성을 공략할 때 최고급 초콜릿을 즐겨 사용했다거나 하는 이야기처럼 말이다.

온갖 퇴폐와 향락을 일삼았을 것 같은 그가 서품을 받은 가톨릭 성직자로서 사회에 첫발을 들여놓았다는 것은 꽤나 이색적인 일이 아닐 수 없다.

하마터면 잊혀졌을 뻔한 성직자 출신의 바람둥이, 어찌 보면 당시 유럽에서는 흔했을 존재인 카사노바가 특별해진 이유는 말년에 탁월한 기억력으로『나의 인생 이야기』라는 제목의 자서전을 출간했기 때문이다.

그러나 아이러니컬하게도, 바인리히의 해석에 따르면 카사노바가 유명해진 것은 그 기억력 때문이었으나 그가 그토록 많은 여자들을 정복할 수 있던 것은 '망각의 힘' 때문이었다는 것이다.

여자인 나로서도 왜 그런지 이유는 알 수 없지만 우리 여자들은, 솔직히 그의 옛 여자가 참으로 궁금하다. 나보다 예뻤는지 착했는지 어땠는지 이것저것 캐묻게 되는 건 정말로 여자의 본

성일까. 그러나 그런 우리의 본성을 만족시켜 줄 수 있는 당신의 행동은 그녀의 궁금증에 모두 답해주는 것이 아니다. 그녀에게 대답하지 말라. 절대 좋은 소리는 들을 수 없을 테니까. 최고의 연인이 되고 싶다면 지금 내 눈앞에 있는 여자 때문에 옛날 여자 같은 건 다 잊었노라고 대답해줄 것. 정말로 잊으면 금상첨화다.

독서 애호가이던 카사노바의 최고 작업 비결은, 한 연애를 끝내고 다음으로 넘어갈 때 한 책을 덮고 다른 책을 열듯 마음을 비우고 또 다음 연애에 몸과 마음을 던진 망각의 힘이라고 한다. 그러니 그처럼 당신도, 옛 그녀를 잊어달라. 부디 1급 비밀이지만 우린 사실 지금 그대에게 1순위임을 확인하고 싶을 뿐, 실은 당신의 옛 그녀에게는 코딱지만큼도 관심이 없다.

✖ 화났으면 말을 하란 말이야!

남성 여러분이 제일 싫어하는 말은 무엇일까? 지금까지 만난 남자들을 보며 평균치를 내보면 아무래도 '쪼잔하다'는 말이 상당히 상위 랭크를 차지할 것 같다.

눈물이 날 정도로 매운 음식을 눈 하나 까딱 않고 즐길 정도로 호탕함과 화끈함을 기치로 내세우는 한국인 특유의 민족성 때문인지 쪼잔하다든가 좀생이 같다든가 하는 말을 들으면 한국 남자들은 가장 듣기 싫은 말이라며 버럭버럭 분노한다. 그처럼 모욕적으로 느껴지는 말이 없다며 무슨 말을 들어도 좋으니 '쪼잔하다'는 말만은 쓰지 말아달라고 하기도 한다.

물론 남녀 차별을 지양하는 우리 씩씩한 여자들도 "남자가 쪼잔하게……"라는 식으로 남자가 어쩌고저쩌고 하는 말은 쓰지 말아야겠지만 '쪼잔하다'는 말을 듣고 싶지 않으면 하나만 해도 중간은 간다. 요즘은 화끈한 여자들이 많아져서 화가 나면 화끈하게 말하고 뒤끝 없는 반면 화가 났으면 그 즉시 말 안 하고 계속 침묵시위를 하며 "화났어?" 하고 아무리 물어봐도 "아니, 화 안 났어" 하는 말만 고수하다가 정말 화 안 난 줄 알고 신경 안 써주면 버럭버럭 화를 내는 남자는 정말 왕짜증이다. 화성 남자에 금성 여자가 어쩌니 하는 책을 써서 돈방석에 앉은 그 아저씨가 밤낮 이야기하는 동굴에 제발 좀 들어가지 말아달란 말이다. 화가 났으면 말을 해야 알지, 말 안 하고 계속 뾰로통하게 앉아 있으면서 뭐가 화났는지 알아달라는 건 정말 남의 속을 뒤집어놓는다.

그래서 나는 최근 이상형에 한 가지 조건이 추가되었는데_{물론 그렇다고 해서 그전에 여러 가지 조건을 따진 건 아니었고 그저 '친절한 남자'였다} 그건 바로 '화났으면 차분하게 뭐가 서운한지 말해주는 남자'이다. 그러니 남성 여러분, 화났으면 말씀을 하시라. 화났는데 말 안 하고 참는 건 화를 삭이는 게 아니라 그저 썩이는 것일 따름.

당신을 사랑하는 여자라면 기꺼이 당신이 왜 화났는지 알고자 할 것이다. 혼자 참다가 팍 짜증 내는 남자보다 화끈한 여자라면 그 즉시 조근조근 설명하며 웃어주는 남자에게 점수 오만 점을 플러스할 테니까.

✖ 보잘것없는 발바리와 산책하는 남자

남자들은 대부분 큰 개를 좋아하는 것 같다. 여자인 나로서는 잘 모르겠지만 남자들은 그 기개를 좋아하는 것이 아닐까. 위풍당당하고 멋진 모습의 커다란 개는 그 개를 데리고 산책하는 주인의 모습마저 멋져 보이게 해주기도 한다. 뾰족한 귀에 날카로워 보이는 도베르만과 산책하는 남자는 터프해 보이고 금빛 털에 영민한 눈을 가진 골든 레트리버를 데리고 있는 남자는 어딘가 장난스러우면서도 온화할 것 같은 느낌이 든다. 개는 주인 닮는다더니 주인이 개를 닮기도 하는 모양이다.

하지만 내 경우에는 언제부터인가 멋진 개를 데리고 있는 사람이 멋져 보이던 눈이 바뀌고 말았다. 버려지는 개가 너무나 많다는 사실 때문이다. 끝까지 착실히 키우는 사람들도 있지만 대충 키우다가 귀찮고 더럽다는 이유로 마구 내다 버리는 사람들도 많다. 어쨌든 가엾은 건 버려지는 쪽이다. 차로 붐비는 도시에서 집안에서만 있던 개가 온전히 살아남기란 미션 임파서블이다. 우리 집에 있는 개들도 죄다 그렇게 버림받은 장애견들이다.

멋진 레트리버나 로트바일러 같은 고급 대형견들도 근사하지만 아무렇지도 않고 보잘것없는 발바리를 데리고 산책시키는 남자는 왜 없는 걸까. 누렁이나 점박이 발바리를 데리고 산책하는 스타일리시한 남자는 생각만 해도 너무 시크하다! 그런 남자가 공원에 있다면 염치 무릅쓰고 말을 걸어볼 텐데! 어떤 스타일리시함도 따뜻한 눈빛을 가진 남자보다 매력적일 순 없으니.

동물학대 방지연합 www.foranimal.or.kr 등 동물보호 사이트에서는 집 없는 천사들을 볼 수 있다. 반려동물을 기를 처지가 안된다면 가까운 병원에서 작은 케이지 안에 갇혀 산책할 수 있기만을 기다리는 동물들을 위해 산책 자원봉사를 신청해보는 건 어떨까. 틀에 박힌 영화나 식사 등에서 벗어나 마음까지 따스해지는 그녀와의 색다른 데이트도 될 수 있을 듯!

▨ 뒷모습이 쿨한 남자

여자와 남자가 운명처럼 만나서 달콤하게 사랑에 빠진 이후에는? 필연적으로 이별이 따라온다. 물론 영화나 드라마처럼 하늘이 점지해준 인연을 운 좋게 만나서 검은 머리 파뿌리 되도록 남은 생을 영영 함께 하는 수도 있지만 한 번이라도 연애를 해본 당신이나 나는 알고 있다. 그렇게 백년해로할 확률은 로또 1등에 당첨될 확률보다 더 낮다는 것을.

연애로 기막힌 가슴앓이를 해본 사람은 로또 1등을 사절하고 그런 사랑 찾기를 더 소망할지도 모른다. 돈 오면 사랑은 따라온다지만 이별 없는 사랑이 따라오기는 하늘의 별 따기보다 어렵기 때문이다. 이런 이별이 찾아왔을 때, 그녀의 마음에 영영 남는 남자가 되려면?

물론 헤어지는 마당에 다시 볼 것도 아닌데 멋진 모습 굳이 남겨 뭐하나 물으신다면 할 말 없지만 이 좁은 대한민국, 세 다리만 건너면 아는 사람과 죄다 연결되는 협소한 나라에서 이미지 관리라도 멋지게 해서 손해날 일 절대 없다.

흔히 마음이 돌아선 남자는 바위처럼 돌이킬 수 없다지만 무슨 소리, 우리 여자들도 냉정하다. 아무리 몸 섞고 맘 섞었어도 이별의 때가 오면 그만이다. 서로 합의에 의해 다정히 끝내면 최고지만 다정한 이별 같은 건 이 세상에 없게 마련이다. '따뜻한 그녀, 착한 그녀는 내가 이렇게 부서져버릴 정도로 그녀를 원하는 걸 알면 분명 맘 돌아설 거야' 하는 순진한 남성분들이 간혹 있는데 절대 곤란한 생각이다.

사람은 성가시면 귀찮아지고, 귀찮아지면 절대 다시 보고 싶어하지 않는 동물.

심하게 말하면 끈질긴 외판원이나 신문 구독을 끝없이 거절하고 싶은 맘일 테다. 알코올의 힘을 빌려 휴대폰의 통화 버튼을 누르거나 술로 희미해진 눈과 떨리는 손으로 맞춤법도 다 틀린 이메일을 보내는 따위 행동은 정말이지 최악이다.

빌려준 물건이나 돈거래가 있다면 칼같이 정리하고, '짧은 시간 행복했다'고 칼같이 돌아서서 그녀를 아쉽게 해버릴 것. 끝이 멋진 남자가 진짜 멋진 남자라서, 우리 여자들은 술만 마시면 그런 남자를 생각하게 되어 있다.

또한 아무리 인물이 출중하고 키 크고 능력도 좋고 재산도 빵빵하고 거기다 몸매도 미끈한 슈퍼 초특급 킹카라 하더라도 여자의 눈물을 내버려두는 남자는 어떤 여자라도 마다할 것이다.

멋진 남자의 파트너라는 본처 자리를 위해 어떤 모멸과 굴욕도 다 참을 수 있다는 결의에 찬 굳은 마음가짐을 한 여자라면 다를지도 모른다. 원수의 간을 씹는 그날까지 지금은 덤불 위에서 굴욕을 견디겠다는 여자가 있더라도 나와는 상관없다.

소박한 여자의 대표 주자로 남성 여러분에게 간언하건대 먼 훗날의 부귀영화보다는 지금 당장 뺨 위에 흐르는 눈물을 닦아주는 남자가 좋다.

전통적으로 눈물은 여자의 무기라고 알려져 있지만 요즘 여자들은 눈물을 이용할 만큼 알량하지 않다. 그런 것을 무기로 하는 건 부끄러운 일이다.

다만 여자는 울 때 절대 그때 일 하나만 생각할 수 없는 존재다. 눈물 한 방울이 얼굴을 타고 흘러내릴 때 모든 방어막이 취약해지면서 조금이라도 그 일과 관련된 과거의 모든 슬픈 일들이 시간을 단숨에 거슬러 올라 달걀 껍질처럼 파삭하게 부서지는 마음의 균열을 타고 초강력 병원균처럼 마구 침투한다.

그녀가 울어버릴 때 맹수의 습격보다 더한 오래된 슬픔이 무한 러시로 들어와버리는 것이다. 그래서 우는 여자만큼 취약한 여자는 없다. 어차피 헤어질 생각이라서 상관없다고 무시하거나 비꼬면 된다.

물론 서로 싸우고 있을 때 그녀가 울어버린다고 해서 당장 어깨를 내주는 것은 웬만한 인격자가 아니면 어렵겠지만 꾹 참고 그걸 할 수 있다면 어떤 왕자도 당신을 따라오지 못한다. 그게 정말 좋은 남자다.

✖ 콘돔을 챙기는 남자가 되자

내 친구의 남자 친구. 콘돔 사용을 마뜩찮아하며 사후 피임약이니, 그도 안 되면 애 생기면 수술하면 되지 않느냐고 극언까지도 서슴지 않았던 그는 곧 더 이상 참을 수가 없어진 친구에게 반격을 당했다. "절대 실패할 일도 없고 콘돔처럼 성감에 방해되는 일도 없는 피임법이 있는데, 할까?" 깜짝 반가워진 그 남자, 귀를 쫑긋 세웠다.

"뭔데, 뭔데?" 그녀는 달콤하게 속삭였다. "정. 관. 수. 술."

그가 한 대 얻어맞은 건 고소하지만, 사실 슬픈 이야기다. 몸을 나누는 관계가 이렇게까지 소통이 되지 않는데, 슬프지 않을 리 없다. 남자는 스킨로션만 있으면 되지만 여자는 스킨로션, 토너, 아스트린젠트, 에센스, 메이크업베이스, 파운데이션 등등 더 많은 게 필요한 것처럼, 여자 몸에는 딸린 기관이 많아 훨씬 복잡하다. 온전히 몸을 나눌 정도의 사이라면 그 복잡함에 대해 조금이나마 알려고 노력은 해야 한다. 괜찮은 남자들은 물론 그렇게 하고 있겠지만 내 주위의 괜찮은 남자들을 보면 늘 부딪히는 문제가 복잡한 애인의 몸을 위해 배려하고픈 마음은 굴뚝같은데 도대체 어디서부터 공부해야 하냐는 것이다.

문제는 부끄럽게도 여자인 나조차 여자의 몸을 잘 알지 못한다는 데 있다. 왜냐고? 잘 가르쳐주는 데가 없으니까! 특히 자궁 언저리 이야기는 아직 당당히 입에 담기에는 민망하다. 이런 고민을 가진 남성 여러분이나 연인들이 함께 읽어도 아주 좋을 여자 몸에 대한 참고서를 보았다. 이름하야 『나의 살던 고향은 꽃피는 자궁』. 자궁이 '꽃피는' 존재라니? 어쩐지 오싹하다. 어딘가 불결하고 찜찜하기만 했던 아래쪽 '거기', 질이 실은 입보다 깨끗한 거였구나. 생리통을 치유하는 애무법? 여기까지 오니 더 할 말이 없었다. 자기 여자를 사랑하는 남성 여러분에게 별난 한의사 이유명호의 이 자습서를 적극 권한다. 내 애인부터 한 권 사 안기고, 내키면 한 인생 돕는 셈치고 위의 저 남자한테도 한 권 사줄까 보다. 음양이 운우지정하고 상열지사 스파크 팍팍 일으키는 일은 그녀의 몸을 먼저 아는 거란다. 여자 몸에 대해 알고 사랑하려는 남자는 진짜 멋있다. 이런 남자들이 세상을 점거하면 우리는 날이면 날마다 사랑에 빠질 것이다.

애정만세!

콘돔이란 본디 남자에게 장착하라고 창조된 물건임에도 어떤 남자는 격렬히 콘돔과 불화한다. 이를테면 앞서 말한 내 친한 친구의 남자 친구가 그렇다. 그녀는 가장 보편적인 피임 방법인 콘돔을 반드시 준비하는 방법으로 철저히 피임을 해왔는데 어느 날 넌지시 그가 물었다는 것이다. "콘돔 꼭 써야 되겠어?"

"도대체 안 쓰면 어쩌겠단 거야?"

그녀가 이렇게 물었더니 그가 피임 방법을 바꾸자며 자랑스럽게 제시한 것은 바로 '질외사정'이었다. 맙소사 그녀가 한숨을 쉬면서도 끈기 있게 '질외사정의 실패율은 무려 30%가 넘는다. 그건 피임법이라고 할 수 없다'고 설명하자 그가 당당하게 제시한 다음 피임 방법은 '사후피임약'이었다.

이 정도까지 오면 무식도 죄다. 그럼에도 착하디착한 내 친구는 한 번 더 설명했다. 사후피임약은 섹스 후 사용할 수 있는 간편한 피임법이 아니라 호르몬 폭탄이라 불리니 만큼 여자 몸에 좋지 않은 영향을 끼치기 때문에 의사의 진단을 받지 않고는 절대 처방하지 않는 약이라고. 그건 애프터피임약이 아니라 말 그대로 긴급 시에만 사용하는 피임약이라고. 그의 입에서 나온 발언이 '임신하면 수술하면 되잖아'까지 갔다는 소리를 듣고 나서는 나도 같이 피가 거꾸로 솟았다.

고대 그리스 여자의 정신을 본받아 '리시스트라타'남편과의 잠자리를 거부하는 시위라도 일으켜야 한다. 이런 소리를 하는 남자와 자주면 안 된다는 소리다. 자기와 섹스를 하는 여체의 안위에 무관심하면서 거기에서 오는 쾌락을 누리겠다는 태도는 말할 것도 없이 최악의 이기주의다. 그런 남자하고 굳이 자지 않아도 이 세상에는 괜찮은 남자가 많다. 그러니 괜찮은 남자들이여, 콘돔 한두 개씩은 지갑 속에 넣고 다니길. 물론 여자가 가지고 다녀서 안 될 것 없고 서구 여자들이야 핸드백에 콘돔 박스 정도는 기본으로 휴대한다지만 아직 한국 국민인 우리들로서는 러브 모드가 무르익었을 때 핸드백 안에서 콘돔을 '짠!' 하고 꺼내 남자에게 '자!' 하기가 어지간한 용기가 아니고서는 조금 어려운 게 사실이니까. 물론 지갑 안에 휴대한 당신의 콘돔이 언제 어디서나 플레이하기 위한 '세팅'이 아니라 파트너를 위한 당신의 배려라는 것을 알 정도로 괜찮은 여자를 고르는 건 남자인 당신 안목에 달렸다.

✖ 헬스하는 남자의 몸엔 각이 없다

무슨 짱 무슨 짱 해도 바야흐로 '몸짱' 열풍이 트렌드를 넘어 자리를 잡은 지 오래다. 하늘하늘한 봄 옷 입으려면 겨우내 한 겹 두 겹 겉옷 속에 꽁꽁 여며두었던 살들을 어떻게든 말살해야만 한다는 부담이 가장 큰 근심인데, 요즘은 몸짱 아줌마까지 등장해 애도 안 낳았으면서 배 나온 아가씨들바로 나 같은 아가씨!의 가슴을 죄책감으로 바위처럼 짓누른다. 다행히 주위를 살펴보면, 권상우나 비 등 몸 좋은 남자 연예인들의 대활약 덕분인지 남자들에게도 유례없는 '몸짱 되기' 열풍이 불고 있다. 그리고 요즘 몸짱이 되겠다는 남자들은 다 어디로 달려가나 하면, 바로 헬스장이다. 여기서 아가씨 다시 한 번 소리치지 않을 수 없다.

"안 돼에에~그만둬~!"

조국 매력남 감별 및 양성에 분골쇄신하고 있는 입장으로서, 헬스장은 반대다. 물론 편파적인 생각이지만, 그래도 반대다. 하지만 우리가 가장 쉽게 택할 수 있는 운동은 역시 헬스니, 굳이 충고하자면 뭐 하나에 주안점을 줘서 각을 잡을 것.

쉽게 설명하자면, 무슨 운동
이든 실질적인 운동은 사용하는
부위에 각이 잡힌다. 이를테면
무에타이를 하는 남자들은 탄탄

하면서도 날씬한 하체와 멋지게 '업'된 히프를 가졌
고, 복싱을 하는 남자들은 옆구리 살이 절대 없는 미끈한 상체
선이 있으며 유술을 하는 남자들은 어깨가 강하다. 축구 선수들
의 장딴지나 육상 선수들의 지방 없는 전신을 생각해도 좋다.
그 각이 남자를 말해준다. 남자의 몸은 여자보다 50배 근육이
더 잘 붙는다고 한다. 즉 남자가 하는 일은, 그의 몸을 통해 즉
각적으로 드러난다. 몸을 보면 그 남자를 읽을 수 있는 법.

어깨는 단단해도 옆구리 살이 포동포동하면 저런 운동 끝나
고 맥주 한잔의 유혹은 참 견디기 힘들구나 싶고, 빈약한 팔에
배만 나와 있으면 하루 종일 앉아서 일하느라 고단하겠구나 싶
다. 이렇듯 몸은 그 남자를 말해준다. 헬스에 열중하면서 섹시
하려면, '룩'에 집착하지 않아야 한다. 어떤 운동이든 '룩'이 목
적이 되었을 때는 촌스러워진다. 대외 과시용으로 만들어진 몸
에서 키워진 근력은 효용이 없다. 철학이 없이 만들어진 몸은
매력도 없다. 다이어트를 입에 달고 살면서 멀건 양배추 따위만
먹고 하루에도 열댓 번씩 체중계에 올라가는 여자가 매력이 없
는 것과 마찬가지다. 내가 바로 이런 여자였으므로 이런 여자가 얼마나 빈곤한
영혼을 가졌는지는 누구보다 잘 알고 있다! 헬스는 허구의 운동이다. 여기
에서 어떻게 수컷으로서 '각'을 잡는지는 당신의 선택이다.

❈ 멋진 중년남이 보고파

'로맨스 그레이'라는 단어는 멋지긴 하지만 서양 말이라고 해서 서양 사람들이 그 단어를 독점 전세 낸 것도 아닐진대 우리나라에 대입해보면 어쩐지 꽤나 어색해진다. 실로 불공평하지 않습니까, 한국의 중년남 여러분!

영화 〈엔트랩먼트〉에서 숀 코너리는 특유의 중후한 미소로 손녀뻘이 되고도 남을 듯한 팔등신 미녀 캐서린 제타 존스와 섹시한 러브신을 너끈히 소화해냈고 〈사랑할 때 버려야 할 아까운 것들〉에서 잭 니컬슨 역시 볼록 나온 배와 토실한 히프에 구애받지 않고 젊은 아가씨들을 차례로 갈아치우는 유연한 바람둥이 역할을 유감없이 해냈다. 그러나 우리나라의 중년 남자 배우에게 주어지는 역할은 언제나 주책 부리는 아버지나 고개 숙인 가장뿐이다.

중후한 숀 코너리와 성적 매력이 넘치는 캐서린 제타 존스의 조합은 꽤 그럴싸하지만 노주현과 전지현의 '러브 어페어'는 어쩐지 상상도 가지 않는다. 전지현의 개인적 매력이 압도적이라 상상이 불가능하다면 다른 여배우를 매치해도 무관하지만 상상이 가지 않는 건 마찬가지다. 노주현과 김정은? 노주현과 이미연? 노주현의 문제인가? 그럼 신구? 상황은 더 나빠질 뿐이다!

아마도 이들에게 가정을 짊어지는 가부장의 의무만을 부과한 나머지 우리 사회가 중년남의 매력을 금기시하며 허용하지 않기 때문이라 해석해보지만 우리 여자들도 멋진 중년남을 보고 싶다. 우리들이 젊고 미끈한 몸의 남자 애들만 숭배한다는 생각은 절대 오해! 인생을 아는 사람과의 대화는 젊은이들의 설익고 풋내 나는 소리보다 훨씬 즐겁다. 단 유부남은 곤란.

여자가 담배나 피운다고 잔소리하고 지하철에서 다리를 좍 벌리고 앉고 가래침을 탁탁 뱉는 아저씨라면 로맨스 그레이와는 애초에 굿바이지만 시대가 바뀌고 있으니 곧 멋진 중년남의 전성기도 도래하지 않을까.

B급 연애를 위로하다

세상일에 관심 없는 골빈 속물 여자로 속 편하게 살아가는 게 오랜 꿈이었지만, 이명박 정부 출범 후 일 년여의 세월은 골빈 속물까지는 어찌어찌 넘어가줄지언정 세상일에 관심 없는 일은 절대로 허락해주지 않았다. 그래서 굳이 가져다대는 핑계는 아니지만 이 책의 출간이 예상보다 훨씬 늦어지게 된 것은 반은 그 남자 이명박과 그의 일당들 때문이다. 개인적으로 교통사고나 실직 등 골치 아픈 일들이 겹치기도 했지만 도대체 가만히 앉아서 연애가 어쩌고저쩌고 적고 있다는 사실만으로 창자까지 타는 듯한 죄책감을 느끼게 하는 것이 바로 그 무리들이었다.

그러나 '이 시국에 연애는 무슨 연애냐' 싶다가 마침내 '이 시국이니까 연애지' 싶었다. 그도 그럴 것이 이놈의 시국은 연애까지도 이 편 가르고 저 편 갈라 줄 세워놓는다.

"쟤 봐. 쟤는 저런 오빠 만나서 좋은 차 타고 좋은 것만 먹고 좋은 것만 입는데. 넌 뭐니? 내 친구 누구는 생일 때 뭐뭐 받았대……."

순진한 아가씨들은 그렇게 주워듣고 얻어들으면서 반질반질한 꿈을 꾸지만 연애가, 남자가, 세상이, 그렇게 만만한 거라면 애 떼고 돈 떼이고 얻어맞고 구석에서 울고 있는 아가씨들이 저렇게 많을 리 없다.

물론 웬만하면 사람은 양지로만 걷는 게 좋고 '그는 당신에게 반하지 않았다'며 정신 똑바로 차리면서 여우같이 똑 부러지는 현명한 연애만 하는 게 좋지만 안 그런 여자도, 안 그런 연애도 얼마든지 있다.

그렇게 안 한 게 아니라 못한 여자들. 울지 않으려고 했지만 울어버린 여자들. 나는 그런 여자들에게 울지 말라고 말할 기운도 용기도 배짱도 없다.

다만 '혼자만 그렇게 사는 게 아니라고, 다 그러면서 어른이 되는 거라고, 나도 멍청하고 어렸기 때문에 지금에서야 이렇게 지껄일 수 있는 거라고' 아직 덜 아문 시뻘건 내 속살을 드러내면서 이 이야기를 해주고 싶었을 뿐이다.

신자유주의가 만들어놓은 CF처럼 매끈하고 어여쁜 연애의 환상에 혹시 괴롭다면 그냥 괴로운 만큼 괴로워하고 그저 우리 자학만은 하지 말자. 이것이 지금 내가 할 수 있는 이야기의 전부이다.

　아가씨들아, 우리 기운 좋을 때 연애하고 험한 꼴 볼라치면 얼른 내빼자. 이상. 내가 했던 그 모든 연애에 대해서도, 이제 더는 할 말이 없다. 죽을 만큼 사랑했고 죽일 만큼 미워했다. 이상.

2009년 봄

김현진

지은이 김현진

냉소와 분노와 우울을 블랙 유머로 승화시키는 연금술을 몸속에 장착한 국내 몇 안 되는 에세이스트.

숨 막히는 고등학교를 용감히 박차고 나온 '불량소녀'로 세상에 알려진 지 벌써 10년째. 한국예술종합학교 영상원과 동 대학원 서사창작과에서 고학생 겸 직장인으로 빡세게 살았으나 세상 때문인지 본인 때문인지 여전히 도시빈민으로서, 비정규직 노동자로서 그래도 기는 죽지 않고 세상과 맞짱뜨며 이십 대의 막바지를 치열하게 불태우고 있다. '개인적인 것이 정치적인 것'이라는 오래된 캐치프레이즈를 증명이라도 하듯 '88만 원 세대'이자 비주류인 자신의 계급과 사회구조적 모순과의 관계를 '특유의 삐딱한 건강함'으로 맛깔스럽게 풀어냈다 평가받으며 이십 대에서 칠십 대까지 폭넓은 독자들에게 사랑받고 있다.

반골 기질과는 어울리지 않게도 TK 출신에 목회자인 부친을 둔 그녀는 최근 MB 정권과 격렬히 불화하는 것은 물론, 기륭전자를 비롯한 비정규직 노동자의 싸움터에서 그 어떤 학교에서보다 훨씬 더 많은 것을 배웠다 한다. '최상의 연대는 임금이다'라는 슬로건을 내걸고 앞으로도 구체적 연대를 꿈꾸는 그녀는 강자에겐 얼음처럼 차갑게, 약자에겐 불처럼 뜨겁게 반응하며 거창하게 무슨 무슨 '주의자'로 불리기보다는 항상 지는 편에 붙는 '내 감정주의자'로 살아가겠노라고 강단 있게 말한다.

『누구의 연인도 되지 마라, 김현진의 B급 연애 탈출기』는 그런 그녀가 A급 연애는 못 하고 늘 B급 연애만 하는, 늘 지는 연애의 홍수에서 허우적대는 이십 대 여성 동지들의 영혼에 바치는 위로와 동감의 노래이다. 유기견 네 마리를 데려다 기르는 그녀의 성품에서 잘 드러나듯 버림받고, 약하고, 작고, 아픈 것들에 대한 애정과 연대 의식은 이 책에서 더욱 빛을 발한다.

〈시사IN〉, 〈한겨레〉 등에 고정 칼럼을 쓰고 있으며 저서로는 『네 멋대로 해라』, 『불량소녀백서』, 『질투하라 행동하라』, 『당신의 스무 살을 사랑하라』, 『그래도 언니는 간다』 등이 있다.

©문홍진

김현진의 B급 연애 탈출기

누구의 연인도 되지 마라

초판 1쇄 발행 2009년 8월 24일
초판 2쇄 발행 2009년 9월 4일

지은이 김현진
그린이 전지영
펴낸이 고영수

편집이사 조병철 **기획편집** 박유미 **디자인** 디자인 PIN
외서기획 이유정 **홍보** 탁윤아 **제작** 김기창 **경영기획** 고병욱
총무 이혜선 박미영 노재경 **관리** 주동은 조재언 김육기

발행처 레드박스
출판등록 제16-2245호
주소 135-816 서울시 강남구 논현동 63번지
      413-756 경기도 파주시 교하읍 문발리 파주출판도시 518-6번지
      청림아트스페이스
전화 02)546-4341
팩스 02)546-8053

ⓒ 2009, 김현진

redbox@chungrim.com
blog.naver.com/redbox2008

ISBN 978-89-89456-11-7 03810

값 12,800원

잘못된 책은 바꿔드립니다.

* 레드박스는 청림출판(주)의 문학 브랜드입니다.